사랑이 밥 먹여준다

사랑이 밥 먹여준다

'안나의 집' 김하종 신부의 첫 고백

김하종

마음산책

사랑이 밥 먹여준다

'안나의 집' 김하종 신부의 첫 고백

1판 1쇄 발행 2021년 11월 15일
1판 6쇄 발행 2025년 1월 5일

지은이 | 김하종
펴낸이 | 정은숙
펴낸곳 | 마음산책

등록 | 2000년 7월 28일(제2000-000237호)
주소 | (우 04043) 서울시 마포구 잔다리로3안길 20
전화 | 대표 362-1452 편집 362-1451   팩스 | 362-1455
홈페이지 | www.maumsan.com
블로그 | blog.naver.com/maumsanchaek
트위터 | twitter.com/maumsanchaek
페이스북 | facebook.com/maumsan
인스타그램 | instagram.com/maumsanchaek
전자우편 | maum@maumsan.com

ISBN 978-89-6090-702-7 03810

* 이 책의 인세 수익 전액은 '안나의 집' 후원금으로 사용됩니다.
* 책값은 뒤표지에 있습니다.

우리의 삶은 사랑하기 위해 주어진 짧은 선물과도 같다.

사랑을 손에만 쥔 채 머뭇거리기에는

인생은 짧고 금세 지나간다.

오늘도 감사합니다

한국에 온 지 30년이 넘었다. 앞치마를 두르고 생활한 지도 29년이 되었다. 사랑이 밥 짓기가 되었고, 오늘도 따뜻한 밥 한 끼를 나누고 있다. 내게 밥은 사랑의 표현이다. 사랑이 밥 먹여주는 기적을 매일 체험한다. 나의 인생 여정을 돌아보고 싶었다. 지나간 시간들이 한 권의 책에 담길 수 있다면 좋겠다고 소망했다.

그런데 기억은 안갯속을 헤맸다. 보일 듯한데 보이지 않고 잡힐 듯한데 잡히지 않았다. 하루하루 해야 할 일들이 쌓여 있어서 과거를 돌아볼 시간도 좀처럼 나지 않았다. 가족을 깊이 생각할 겨를도 없이 잊고 산 날들이 많다. 지금 이 순간도 몸을 쪼개 나누듯 살아가고 있다.

뒤를 돌아보면 복잡한 마음이 들 수 있으니, 어쩌면 스스로 기억을 지우며 살아왔는지도 모르겠다. 다행히 글을 쓰겠다고 책상 앞에 앉으니 하나둘씩 떠오르는 이야기들이 있다.

어린 시절, 부모님 손을 잡고 성당으로 향하던 돌길, "안녕, 빈첸조" 하고 정겹게 인사를 건네던 이탈리아 고향 마을의 어른들, 소년 시절, 라파엘라 수녀님의 비석 앞에서 했던 맹세, 세네갈 사막에서 마주했던 뜨겁고 메마른 모래바람, 영어를 가르쳐주며 만났던 목련마을 아이들의 그리운 얼굴들……. 이토록 소중한 추억을 어떻게 잊고 지냈나 싶다.

이렇게 떠오른 작은 기억의 조각들을 조금씩 페이스북에 올렸다. 많은 분이 글을 읽고 울고 웃어주었다.

기억에는 놀라운 힘이 있었다. 첫 번째는 한 가지 기억은 다른 기억을 불러온다는 것이다. 다음 글을 읽고 싶다는 응원 댓글이 힘이 됐는지 잠자고 있던 기억들이 생생하게 떠오르기 시작했다. 신기한 경험이었다. 기억의 또 다른 힘은 위로다. 잊고 지냈던 얼굴들이 다시 인사를 건넸다. 앞만 보며 달려왔던 내게 그리움이 깃든 시간 여행을 선물했다. 사제를 꿈꾸던 때의 순수했던 마음을 지키고 있는 나 자신과도 다시 만났다.

예순다섯에 이르러서야 지나간 옛일들을 돌아본 셈이다. 참 잘한 일 같다. 지나간 시간과 마주하며 스스로 위로를 받았다. 추억의 힘이 강력했다.

예수님께서 주신 소명을 위해 정신없이 살아오다보니, 받았던 은총과 사랑에 대해 표현한 적이 많지 않다. 아름다운 일, 감사한 일, 행복한 일, 좋은 일이 많았다는 사실을 새삼 깨닫는다. 언제나 그분이 손을 잡아주었다는 자명한 사실도 알리고 싶다.

요즘에는 잠들기 전에 감사한 시간에 대해 명상한다. 그날의 감사한 일과 기뻤던 일, 내가 얼마나 축복을 받고 있는지를 생각하며 잠을 청한다. 오늘 하루의 실수와 속상한 부분, 잘못한 부분은 잠자리에 들기 전에는 생각하지 않으려고 한다.

오늘 그런 후원자님을 보내주셔서 감사합니다.
오늘 그런 은인을 보내주셔서 감사합니다.
오늘 그런 좋은 일이 있게 해주셔서 감사합니다.
오늘 그런 봉사자를 보내주셔서 감사합니다.
오늘 일어난 모든 일에 감사합니다.

오늘의 일들에 하나씩 감사드리며 잠들 수 있게 되었다.

이 책은 기억을 불러내어 스스로 위로를 받고 여러분에게 전하고 싶은 사랑을 기록한 데 의미가 있다. 이탈리아에서 세네갈, 그리고 나의 땅 한국으로 이어지는 순례의 여정에 여러분을 초대한다. 나는 왜 이렇게 작은 삶을 살고 있는 것일까, 하고 마음이 조급한 분에게 이 책은 분명히 손을 내밀 것이다.

어린 시절, 동네 아이들에게 맞고 울음을 터뜨리곤 했던 울보인 내가 사제가 되었다. 1990년, 고작 짐가방 두 개를 들고 한국 땅을 밟았고 귀화하여 한국인으로서 살고 있다. 내 입맛은 밥과 떡에 적응하기 힘들었지만, 이제는 밥심으로 살아간다.

나약해졌던 순간에도 내가 맡은 일의 사명을 잊은 적은 없다.

'김하종 신부 같은 삶도 있으니 나도 다시 시작해볼까.' 이 책을 읽고 힘을 얻기를 바란다. 사랑하는 이 땅의 형제자매, 친구들을 위해 용기 내어 쓴 책이다. 첫 고백인 셈이다.

사실 나는 난독증을 앓고 있다. 난독증 때문에 이탈리아어로 글을 써도 단어의 순서를 자주 헷갈린다. 교사인 여동생 마릴레나가 수정 작업을 해주어야 한 편의 글로 완성할 수 있을 정도다.

내 기억을 불러내어 기록한 이 책도 많은 사람의 도움으로 세상에 나올 수 있었다.

기억의 조각들과 메모를 이어서 한글 문서로 정리해준 '안나의 집' 직원, 모인 글들을 읽기 쉽게 정리해준 봉사자 안드레아 김세희. 방송사 뉴스룸에서 일하는 안드레아는 지나간 기억을 떠올리며 내가 울 때마다 조용히 휴지를 건네주었다. 6년 전에 책을 내자고 권유하고 기다려준 출판사 마음산책 정은숙 대표와 성혜현 편집자. 안나의 집이 많은 사람의 도움으로 운영되듯이 이 책도 그렇게 나오게 되었다.

2021년 11월
안나의 집에서
김하종 신부

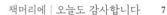

문은 열려 있다

인생은 아름다워

사랑에는 상상을 뛰어넘는 힘이 작동한다.
불가능해 보이는 것도 가능하게 만든다.

사제로서의 여정

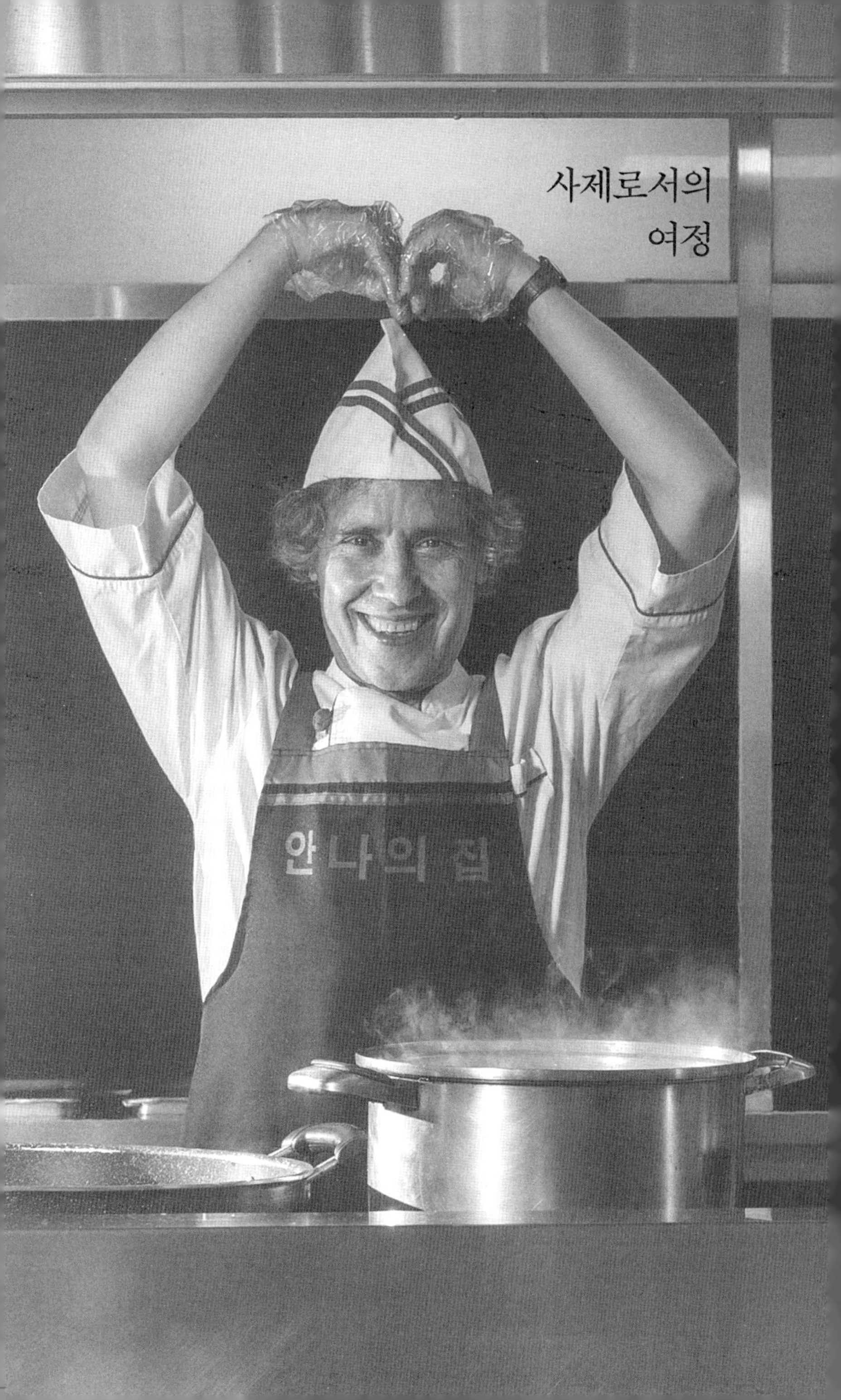

사제가 되던 날

1987년 4월 25일. 서른 살이었다.

내 가슴에는 온통 성경 말씀이 들어찼고 머릿속에는 신학대학교와 대학원에서 공부한 동양철학이 정리되어 있었다. 절제되고 규칙적인 생활로 내 육체는 꽤 단련돼 있었다. 일 년 동안 세네갈에서 선교 활동을 하며 아프리카 주민들과 지냈던 시간은 세상의 가장 낮은 곳에 임하겠다는 나의 신념을 단단하게 해주었다. 나는 준비되었다.

'오늘 내가 소유한 모든 것을, 주여 당신께 드립니다. 이 모든 것을 되돌려드리오리다.'

사제가 되던 날, 그날은 평범한 인간으로서의 모든 가능성을 내 손에서 놓아버리는 날이기도 했다. 그날 아침, 눈을 뜬 뒤 몸과 마음을 깨끗이 하고 검정 수단*을 입으며 스스로를 향해 물었다.

'빈첸조, 너는 누구냐? 어제하고 어떻게 다르냐? 사제의 길을 걸을 수 있는 능력이 있느냐?'

길고 어두운 그림자 같은 불안을 지워주기라도 하듯 사제가 되던 날은 유난히 화창했다. 이탈리아의 봄은 한국보다 한 걸음 일찍 찾아오는데 그날따라 햇살은 눈을 가늘게 떠야 할 정도로 눈부셨다. 내 고향 마을 피안사노에 환하게 피어 있는 카네이션과 장미, 그리고 흐드러진 하얀 백합이 봄의 절정을 알려주었다.

로마에서 자동차로 한 시간 정도 걸리는 아담한 내 고향 마을 피안사노. 낮은 언덕이 마을을 감싸 안으며, 정겨운 돌길이 수백 년의 이야기들을 품고 있는 그곳. 돌로 지은 낮은 지붕의 집들이 어깨를 맞대고 사이좋게 늘어서 있고, 집집마다 창문 앞 꽃 화분이 계절의 향기와 색채를 속삭여준다. 유서 깊고 고풍스런 성당이 큰 어르신처럼 마을을 포근하게 내려다보는 내 그리운 고향 마을 피안사노.

고향 피안사노의 이웃들은 내가 나고 자란 것을 지켜본 가족 같아서, 사제가 되던 그날은 모두 함께 들떠 있었다.

● 가톨릭 성직자가 입는 발목까지 오는 긴 옷.

이탈리아의 고향 마을 피안사노에 있는 성당 모습

가족과 함께 집을 나섰다. 어제와 다를 것이 없는 몸으로 걸어갔지만 내가 입은 길고 검은 사제복이 인간 빈첸조와의 이별을 일깨워주었다.

돌길을 따라 사제 서품식이 거행될 마을 성당으로 향했다. 마을 사람들은 내게 축하의 말을 전하며 동화 속 풍경처럼 나의 뒤를 따라와주셨다. 동네 이웃들과 어린 시절 이야기, 앞으로의 이야기를 나누다보니 마음이 조금씩 편안해졌다. 어느덧 성당이다.

나의 탄생을 축복해주었고, 엄마 아빠 손을 잡고 다녔던 성당. 나는 오늘 이곳에서 사제로 다시 태어나는 것이다.

사제가 되는 나를 축복해주기 위해 주교님과 교구 신부님 등 많은 분들이 고향 마을 성당까지 찾아와주셨다. 오랫동안 교구 신학교에서 공부했기 때문에 친분이 있는 신부님들이 많았는데, 고맙게도 모두 찾아와주셨다. 가족들, 이웃들 그리고 주교님, 신부님들이 사제로서의 내 첫걸음과 맹세의 순간에 증인들이 되어주신 것이다.

오후 6시. 사제 서품식의 첫 단계인 교구 공식 행사가 시작됐다. 성가가 성당 안을 가득 채우자, 신성한 기운이 공기 중에 감돌았다. 서품식은 일반적인 미사와 똑같이 시작하지만 중간에 사제가 되는 예식이 진행된다.

나는 서약했다.

"친지와 이웃들이 지켜보는 가운데 사제가 됩니다. 인류 구원을 위하여 자신을 봉헌하겠습니까?"

"예, 하느님의 도움으로 그렇게 하겠습니다."

"나와 나의 후임자들에게 존경과 순명을 서약합니까?"

"예, 서약합니다."

"그대 안에서 좋은 일을 시작하신 하느님께서 친히 그 일을 완성하실 것입니다."

드디어 그 순간이다. 인간 빈첸조와 이별하는, 바닥에 온몸을 엎드리는 '부복'의 순간. 나는 바닥에 이마를 대며 엎드렸다.

'인간으로서의 나는 죽었다.'

얼굴을 묻고 있던 하얀 수건이 순식간에 눈물로 젖었다. 나의 약함이 하느님 앞에 온전히 드러나는 순간이었다. 뜨거운 눈물 속에서 스스로를 향한 질문을 멈출 수 없었다.

'예수님은 담대하게 십자가에 매달렸건만 나는 왜 이토록 눈물이 나는가. 나는 왜 이토록 스스로를 의심하는가.'

가장 낮은 곳에 온몸을 대고 엎드려 있던 부복의 시간, 성인들께 도움과 간구를 청하는 기도가 이어졌다. 성가대는 청아하고 높은 곡조로 성모마리아님과 천사, 사도, 주교와 증거자 그리고 순교자들의 이름을 부르며 탄원했다.

"성 미카엘, 저희를 위하여 빌어주소서.

사제 서품식 당시 부복의 순간

성 라파엘, 저희를 위하여 빌어주소서.

모든 천사와 대천사, 저희를 위하여 빌어주소서.

성 베드로와 성 바오로, 저희를 위하여 빌어주소서.

성 안드레아, 저희를 위하여 빌어주소서."

뜨거운 피가 도는 한없이 부족한 인간이기에 수많은 갈등과 시험의 순간이 찾아오는 것은 당연한 일일 것이다. 개인의 힘만으로는 이겨낼 수 없는 시련이라는 것을 잘 알기에 나는 간절하게 온몸으로 도움을 청했다.

'나를 위해 빌어주소서. 빌어주소서. 빌어주소서.'

천천히 일어섰다. 그리고 주교님 앞에 무릎을 꿇었다. 주교님은 내 머리에 손을 얹어 안수해주시며 거룩한 성유*로 나의 손등에 십자성호를 그어주셨다. 주교님은 선언하셨다.

"너는 사제다. 지금부터 사제로 태어나는 것이다."

'이제는 내가 사는 것이 아니라 내 안에 그리스도께서 사시는 것이다.'

찾아와주신 주교님들과 신부님들도 한 분씩 한 분씩 나에게 다가와 안수해주시고 축복해주셨다. 그때의 충만했던 은총과 감동을 떠올리면 지금도 가슴이 벅차다. 하지만 그 고마웠던 주교님들과 신부님들이 어떤 표정이었는지

* 가톨릭 전례나 의식에 쓰이는 성스러운 기름.

사제 서품을 받던 날의 미사

잘 기억나지 않는다. 많은 눈물을 흘렸고, 가슴은 환희와 두려움으로 터질 듯해 무언가를 제대로 바라볼 수 없었기 때문이다.

그리고 하얀 제의를 입었다. 새하얀 제의를 입으며, 지난 30년 동안의 감정과 욕망, 그리고 빈첸조라는 한 인간으로서 품었던 몇 가지 삶의 꿈들을 깨끗이 내려놓았다.

'지금 이 순간부터 청빈, 정결, 순명. 오로지 이 세 단어가 내 삶을 채우리라. 새하얀 제의처럼 한 점의 얼룩도 없는 삶을 살아가리라. 주여, 나를 온전히 받아주소서. 오직 주님 뜻대로 나를 쓰소서.'

예식이 끝난 후 주교님과 다른 신부님들과 같이 미사를 드렸다. 새로운 사제를 맞이하는 시간으로, 함께했던 가족과 이웃들이 성유로 축성된 내 손등에 존경을 담아 입을 맞추는 친구를 하고 강복을 청해주었다. 이제 평범한 인간 빈첸조가 아니라 사제로 대하면서, 한 명씩 한 명씩 내 앞에 다가와 강복을 청했다. 새롭게 시작되는 사제로서의 내 인생이 신비롭게 느껴졌다.

스스로를 향한 의문은 신비로운 순간에도 이어졌다.

'너는 누구냐? 너는 오늘 서약대로 살 수 있느냐? 너는 어제하고 무엇이 어떻게 다르냐?'

이제 예순다섯 살의 나, 김하종 신부가 그날의 연약하고 스스로를 향한 의심을 지울 수 없었던 서른 살의 빈첸조에게 말해주고 싶다.

"예수님은 빈첸조 너를 위해 꽤 특별한 길을 마련해놓았단다."

사제로서의 경이로운 여정은 그렇게 시작되었다.

서랍 속 기도

　이탈리아에서는 사제가 되는 의식이 엄숙한 것만은 아니다. 식이 끝난 후 성당에 있던 신부님들과 마을 사람들 그리고 가족, 친척들과 함께 피로연장으로 향했다. 작은 파티를 연 것처럼 피로연장에서 함께 식사하고 즐겁게 노래도 불렀다. 나는 한 분 한 분에게 다가가 감사의 인사를 전했다.

　4월 25일, 사제가 되는 공식적인 의식과 행사가 끝나고 늦은 밤에 집에 도착했다. 집으로도 축하 손님들이 계속 찾아왔다. 하루 종일 많이 긴장한 탓에 피곤했는지 좀처럼 잠이 오지 않았다. 그래서 이모 집에서 자기로 했다. 이모는 우리 집과 같은 아파트 4층에 살았다.

　이모 집은 하루를 돌아보기에 좋은 공간이었다. 한숨을 돌리고 가슴을 진정시킬 수 있었다. 그날 밤, 이모 집에서 따뜻하고 포근하게 잠을 자고 새 아침을 맞았다.

'오늘부터 사제다.'

4월 26일은 내가 사제로서 첫 미사를 집전해야 하는 날이었다.

사제가 되는 의식은 두 단계로 나뉜다. 첫 번째는 교구의 공식 행사로 사제가 되는 의식, 그리고 다음 날, 두 번째 단계로 첫 미사를 집전하는 의식이 있다. 다정한 이웃들과 함께하는 마을 공동체 미사라 마음이 설렜다.

깨끗한 몸에 사제복을 입고 2층 우리 집으로 내려갔다. 어머니와 아버지가 아침 식사를 같이 하기 위해 기다리고 계셨다. 식탁 위에는 모카포트로 끓인 에스프레소와 쿠키가 예쁘게 차려져 있었는데, 향이 좋았다.

"아들아, 이리 와 앉거라. 같이 식사하자."

사제가 된 나와 어머니, 아버지는 아침 식탁에서 정답게 이야기를 이어갔다. 그때 나는 이미 아시아에서 선교 활동을 해야겠다고 결심한 이후여서 앞으로 자주 만날 수 없을 것이라고 생각했다. 부모님은 이 사실을 알고 계셨지만 내색하지 않으셨다. 멀리 떠나는 사제 아들이 그립겠지만 웃음을 잃지 않았다. 아버지는 조심스럽게 무언가를 건네셨다. 시계였다. 한 눈에 봐도 오래 고민하고 준비한 선물임을 알 수 있었다.

아버지는 스위스 부로바 금장 시계를 내 손목에 채워주셨다.

"아들아, 이 시계는 평생 간직해라. 네가 먼 곳으로 떠나도 변함없는 우리의 시간을 기억하고, 우리의 아들임을 잊지 마라."

아버지의 선물에는 가족들과 함께했던 시간과 뿌리를 잊지 말기를 바라는 마음이 새겨져 있었다. 어머니는 금으로 된 십자가 목걸이를 목에 걸어주셨다.

"내 아들이지만 지금부터 사제임을 잊지 말렴. 예수님께서 계속해서 보호해주시고 도와주시고 기억해주실 거야. 예수님의 제자로 언제나 사제답게 살거라."

사제로서 첫 미사를 앞두고 부모님과 아름다운 대화를 나누었다는 것이 가슴 벅찼다.

오전 11시, 드디어 사제로서 첫 미사를 집전하는 시간이 다가왔다. 아프리카 세네갈에서 받았던 제의를 입었다. 신학생이었을 때 아프리카에서 일 년 동안 선교 봉사활동을 했는데, 그때의 마음과 의미를 담아 이 제의를 입기로 결정했다. 어제처럼 많은 이웃들이 집 앞에서 기다리고 있었다.

양쪽에 어머니, 아버지와 팔짱을 끼고 성당으로 걸어갔다. 우리 뒤로 마을 사람들의 행렬이 이어졌다. 성당을 향해 갈수록 우리와 함께 걷는 마을 사람들은 늘어났고, 눈부신 봄날의 축제처럼 함께 웃고 이야기 나누었다.

평신도로 30년 동안 다녔던 고향 마을 성당. 이제 내가 사제로서 첫걸음을 내디디며 입당하는 것이다. 하느님의 현존함을 확신하고 무릎을 꿇고 기도를 올리며 사제가 되겠다는 꿈을 키웠던 성당이다.

첫 미사의 강론은 베드로의 이야기였다. 많은 생각 끝에, 내 인생 첫 미사에서 베드로에 대해 이야기하기로 결정했다.

"베드로와 요한이 성전으로 가는 도중 걷지 못하는 이를 보고 가엾은 마음이 들어 그에게 가까이 다가가 '우리를 보시오' 하고 말했습니다. 그가 무엇인가를 얻으리라고 기대하며 그들을 쳐다보는데, 베드로가 말했습니다. '우리는 금도 은도 없습니다. 그러나 내가 가진 보물을 당신에게 나누어주겠습니다. 나자렛 사람 예수 그리스도의 이름으로 말합니다. 일어나 걸으시오.' 그러면서 그의 오른손을 잡아 일으켰습니다. 그러자 그가 즉시 발과 발목이 튼튼해져서 벌떡 일어나 걸었습니다."

「사도행전」에 나오는 치유의 기적에 대한 이야기다. 이 말씀을 바탕으로 나의 첫 미사에 참석한 이들에게 앞으로의 나의 꿈을 전했다,

"저는 베드로와 같이 가장 가난한 이들을 위한 선교사가 되겠습니다. 저는 아무것도 가진 것이 없습니다. 제가 가진 것이라고는 오직 예수님밖에 없습니다. 독서 말씀처럼 가여운 마음으로 가장 가난한 이들을 찾아가 가장 아름다운 선물인 예수님을 드리고 싶습니다. 가난한 이들을 위해 순교하는 삶을 살아가겠다는, 오늘 사제로서의 첫 마음을 언제나 잊지 않겠습니다."

첫 미사를 마친 후 친구, 친척분들과 함께 마을 근처 볼세나 호숫가 식당으로 가 함께 식사했다.

그날 아름다운 사건이 있었으니, 아버지 가족 일곱 형제와 어머니의 가족 네 형제가 화해한 것이다. 그동안 유산 상속에 대한 불만과 금전 문제로 다투어, 왕래 없이 미워하던 이들이었다. 그런데 나의 첫 미사가 끝난 후 서로 용서하기로 하고 포옹했다.

기쁜 마음으로 집으로 돌아온 나는 부모님에게 힘든 이야기를 꺼냈다.

"어머니 아버지, 오해하지 마시고 또 서운하게 생각하지 마시고 저의 부탁을 들어주세요. 저는 가난한 사람을 따르는 사제의 삶을 택했습니다. 그래서 아침에 주신 비싼 시계와 목걸이는 제 몸에 걸치지 않겠습니다."

시계와 금목걸이를 풀어 탁자에 내려놓았다. 이후 그 시계와 목걸이를 착용한 적은 단 한 번도 없다. 그렇지만 늘 곁에 두었다. 사제가 된 후 여러 곳을 옮겨 다녔는데도 잃어버리지 않았다. 이탈리아를 떠날 때도, 한국에 와서 여러 곳으로 이사를 다닐 때도 두 가지 선물을 먼저 챙겼다. 그리고 서랍 깊숙한 곳에 보관했다.

선물을 받은 지 35년이 지났다. 기쁘거나 슬플 때, 스스로에게 실망해서 자책할 때 어머니와 아버지의 마음이 필요했다. 그럴 때마다 서랍 속 목걸이와 시계를 보았다.

"괜찮다. 애썼다. 다시 시작하면 된단다. 우리는 네가 한없이 자랑스럽다."

두 가지 선물은 집을 떠나는 아들을 향한 부모님의 인사이자 기도였다. 부르심을 받은 아들이 뒤를 돌아보지 말고 십자가를 지고 묵묵히 나아가기를 바라는 기도.

이제 아버지는 세상에 없고 시곗바늘은 멈춰 있다. 멀리 떠나는 아들을 축복해주셨던 부모님. 이 축복과 기도가 사제가 되면서 품었던 첫 마음과 '청빈, 정결, 순명'의 삶을 사는 나를 지켜주고 있다.

보통의 아들이
되는 시간

많은 봉사자들과 후원자들이 내게 묻는다.

"이탈리아에 있는 가족들이 보고 싶지 않으세요?"

내가 속해 있는 오블라띠 선교 수도회의 지침대로 이탈리아에는 2년에 한 번씩 간다(10년 전까지는 3년에 한 번씩 갈 수 있었다). 예수님은 가족을 그리워하는 마음을 참는 능력까지 준 것일까. 평소에는 가족에 대한 꿈을 꾸지 않는데, 이탈리아에 가기 딱 한 달 전부터는 가족 꿈을 꾼다. 이제 가족을 맘껏 그리워해도 된다고 허락받은 것처럼. 30년 동안 한국에 있으면서 열두 번 정도 이탈리아를 찾았다. 평범한 아들이라면 거의 찾아뵙지 못한 셈이다.

이탈리아에 있을 때면 여든이 훌쩍 넘은 어머니를 위해 기꺼이 평범한 아들처럼 생활한다. 어머니와 나는 둘 다 아침 일찍 일어난다. 그리고 아침엔 언제나 모카포트로 끓인

에스프레소를 마신다. 어머니의 커피는 특별히 예쁜 잔에 담아 드린다. 창문 앞 식탁에 앉아 완만한 언덕 위로 어둠을 조금씩 밝히며 올라오는 해를 함께 바라본다.

창문으로 스며드는 햇살을 받으며 어머니와 나는 많은 이야기를 나눈다. 동네 일들과 조카의 취업 이야기, 한국 소식, 일상의 이야기들을 나눈다. 보통의 착한 아들처럼.

추운 겨울밤에는 저녁 식사를 마치고 어머니와 벽난로 앞에 앉는다. 오래된 벽난로 앞에서 소박한 포도주 '그라파'를 나눠 마신다. 우리가 나누는 이야기에 나무 타는 소리가 섞인다.

일요일에는 어머니와 마을의 성당을 찾는다. 어머니는 나만큼, 아니 나보다 더 예수님에 대한 믿음이 깊은 분이다. 성당에 들어서면, 피안사노 고향 마을 사람들이 다정하게 인사를 건넨다. 마을 이웃들에게 나는 신부가 아니라 여전히 그때 그 시절의 빈첸조다.

"빈첸조, 이탈리아에 왔구나. 정말 오랜만이다."

"빈첸조, 우리는 네가 참 자랑스럽다."

"빈첸조, 우리가 뭐 도울 것 없을까."

내가 부모님께 해드린 효도라면 예수님의 길을 따랐다는 것, 그래서 마을 사람들이 자랑스러워하는 아들이 된 것이다. 2007년에는 피안사노 사람들이 마을을 빛낸 사람에게 수여하는 '금빛 심장'이라는 하트 모양의 상을 주었다. 얼마나 감격스러웠는지 모른다.

이탈리아를 방문했던 초기에는 학교나 여러 성당 등을 찾아 강연하며 안나의 집을 소개하곤 했다. 조카의 학교를 찾아 가난한 이들과 함께하는 삶에 대해 이야기해주기도 했다. 남대문시장에서 사 간 열쇠고리 같은 한국의 작은 기념품도 나눠주곤 했다. 하지만 점점 다른 일정을 줄여나갔다. 이제는 이탈리아에 가면 어머니와 대부분의 시간을 보낸다.

이탈리아를 찾을 때마다 생각한다.

'혹시 이번이 어머니와 마지막 만남이 되는 건 아닐까. 마지막 인사를 나누는 것은 아닐까.'

코로나19로 이탈리아의 많은 가게들이 문을 닫았다. 이동과 만남이 금지되는 상황이었다. 한동안 남동생이 먹을 거리들을 어머니 집 문 앞에 두고 가야만 했다. 영상 통화를 예전보다 자주 하는데, 어머니와 연락이 수월하지 않으면 불안했다. 어머니를 못 뵌 지도 3년이 지났다.

봉사자들이 나에게 이탈리아 가족들이 잘 지내는지 물어볼 때마다 "잘 지낸다"라고 대답하기는 하지만, 마음이 약해지기도 한다. 어머니와 통화를 마치고 한참 울기도 했다.

고향인 이탈리아의 피안사노 마을 사람들이 준 '금빛 심장'

어머니가 나에게 자주 하는 말은 "나는 괜찮다", 그리고 "내 걱정 말라"는 것이다. 나도 어느덧 할아버지가 되었지만 어머니에게는 여전히 '밥은 잘 챙겨 먹고 있는지' 걱정되는 아들이다. 어머니는 내가 한국 생활을 시작했을 때부터 지금까지 꽤 많은 양의 치즈와 커피를 보내주신다. 한국 어머니들이 멀리 사는 자식들에게 김치를 보내주는 것처럼.

난독증으로 다른 아이들보다 늦되었던 어린 시절에도 "괜찮다"라고 했던 어머니, 사제의 길을 간다고 결심을 밝혔을 때도 "괜찮다"라고 했던 어머니. 그리고 아버지가 돌아가셨을 때도 "나는 괜찮다"라고 했던 사랑하는 나의 어머니.

어머니와 언제 만날 수 있을까. 그저 기도할 뿐이다. 어머니와 따뜻한 뺨을 맞대는 애틋한 인사를 '단 한 번이라도' 더 할 수 있기를.

어머니의 편지

인생에는 우연이 겹쳐 운명이 되는 일이 있다. 내가 사제가 된 4월 25일은 부모님의 결혼기념일이기도 하다. 그날 부모님은 예수님 앞에서 평생의 언약을 맺었고, 나는 예수님께 내 삶을 봉헌했다.

부모님은 이탈리아 로레토 성모 성지로 신혼여행을 갔는데, 어머니는 이곳에서 성모님께 아주 특별한 기도를 올렸다고 한다.

"아들을 보내주시면 예수님께 봉헌하겠습니다."

보통은 건강한 생명을 잉태하게 해달라고 기도하기 마련인데, 첫아이를 '봉헌'하겠다고 기도했다고 한다. 어머니의 믿음은 헤아리기 어려울 정도로 깊다.

어머니는 신혼여행에서 돌아와 임신한 것을 알았다. 어머니는 나를 낳았던 때의 기쁨을 언젠가 편지에 적어 보내주시기도 했다.

빈첸조,
나와 네 아버지는 빈첸조 네가 태어난 날을 아름답게
기억한다.
오랫동안 기도했지만 막상 임신을 하게 되니 걱정과
두려움도 많았단다.
우리의 첫아이, 빈첸조가 세상에 태어난 것이 너무
자랑스러웠어.
너는 우리에게 가장 소중한 선물이었다.
우리는 너에 대해 많은 꿈을 꾸었지.
빈첸조는 우리 것이 아니라 너를 창조해주신 하느님께 속해
있다는 것을 알아가게 되었어.
하느님께서는 우리에게 너를 맡기셨고, 우리는 네가
자라나는 동안 수호자이며 보호자였던 거란다.
도움이 필요한 사람들과 가난한 사람들을 돕기 위한
아들이라는 사실을 이해하게 되었단다.

그분만의 '계획'이 있었던 것일까? 1965년 여덟 살 때 했
던 첫영성체*의 순간이 잊히지 않는다. 기억이 강렬해서 어
떤 날은 여동생과 친구들 두세 명을 불러놓고 신부님인 듯

어린 시절, 복사단 활동을 하던 때의 모습

미사 드리는 것을 흉내 내며 놀기도 했다. 그때부터 나는 복사**도 하고, 성당에서 보내는 시간을 좋아했다.

복사를 하면서 좋았던 기억이 많다. 친한 친구들이 복사단에 다 모여 있었다. 알베르토 보좌신부님***은 매주 일요일 미사가 끝난 후 운동장에서 우리와 함께 축구를 했다. 또 여름이면 가까운 볼세나 호수에 데리고 가주셨다.

호수는 마을에서 8킬로미터 정도 떨어진 곳이라 걸어갈 수 없었다. 보좌신부님은 네 명이 타는 작은 소형차에 일고여덟 명이나 되는 우리를 태우고 호수로 갔다. 호수에서 산책하거나 아이스크림을 먹었던 추억은 알베르토 보좌신부님의 사랑 덕분에 쌓을 수 있었다.

나는 믿음이 깊고, 유순한 아이였다고 한다.

"어머니 저는 어릴 때 어땠어요?"

내가 물으면 어머니는 웃음을 지었다.

"너 가끔은 바보 같았어. 참 예쁘고 착했고 남을 배려하는 친절한 아이였지만 마음이 여려서 짓궂은 아이들에게 자주 맞고 울기도 했어. 그럴 때면 내가 너를 때린 아이의 집으로 찾아가 그 어머니에게 항의하고 사과받기도 했지."

●   세례를 받은 뒤 처음으로 성체를 받아 모시는 것.
●●   사제의 미사 집전을 보조하는 사람.
●●● 가톨릭 본당에서 주임신부를 도와주는 신부.

그래도 아이들에게 맞고 오는 일이 계속되었다고 한다. 어머니는 마음이 안 좋아서 "너를 때리는 아이를 왜 같이 때리지 않아?" 하고 물어보았고, 나는 이렇게 답했다고 한다.

"친구들을 때리면 친구가 아프고, 그러면 미안해지는데 어떻게 때리겠어요."

어머니는 너무 속상하고 화가 났다고 한다.

"바보야, 맞기만 하면 안 돼. 너 스스로를 보호해야지."

성장하면서 나는 강한 모습도 갖추게 되었다. 그러나 어머니의 가슴 한편에는 여전히 누군가가 공격해와도 상대방이 아플까봐 가만히 있는 꼬마의 모습이 남아 있는 듯하다. 그래서 한국에서 얼마나 강하게 살고 있는지 자주 보여드리고 싶은데, 부모님은 1993년에 단 한 번밖에 한국에 오시지 못했다. 그해 여동생이 특별히 내가 있는 한국에서 결혼식을 올렸기 때문이다. 그때 부모님은 처음으로 한국에 오셨다.

당시 나는 소박한 건물에서 가난한 어르신들에게 밥을 나눠 드리고 있었다. 그 모습을 본 부모님은 흐뭇해하셨다. 누군가에게 맞아도 울기만 했던 꼬마가, 이탈리아에서는 쌀도 잘 못 먹던 아들이, 먼 곳에 둥지를 만들어 가난한 이웃들을 돌보고, 쌀밥을 나누고 함께 먹는 신부님이 된 것에 감탄하셨던 것이다.

어머니가 다시 한번 한국에 오실 수 있다면, 새로 지은 '안나의 집'도 보여드리고, 그동안의 결실들을 보여드리고 싶다. 그저 꿈일까. 그렇지만 이루지 못할 바람이라 해도, 내 마음에 어두운 그림자로 남는 것은 아니다.

신혼여행에서 어머니가 드린 기도와 예수님께 기꺼이 아들을 내어주신 어머니의 마음은 수천 개의 촛불이 되었다. 그 촛불이 내가 걸어가야 할 길을 밝혀주고 있다. 어머니의 촛불은 꺼지지 않는다.

내 이름
'빈첸조'

빈첸조는 외할아버지의 이름이었다. 이탈리아에서는 할아버지나 할머니의 이름을 따 아이의 이름을 짓는 경우가 많다.

어느 날, 어머니에게 외할아버지에 대해 물은 적이 있다.

"외할아버지는 어떤 분이셨어요?"

어머니는 간직하고 있던 기억을 풀어놓으셨다.

"난 너희 외할아버지를 아주 자랑스럽게 생각한단다. 외할아버지는 아주 큰 농장을 운영하셨어. 제2차 세계대전 중에 독일 전투기와 싸우던 영국군 네 명이 전투기에 문제가 생기자 낙하산을 타고 내려와 농장에 들어왔다고 해. 당시 이탈리아는 침략해온 독일군과 파시스트가 지배하고 있었지. 이탈리아에 들어와 있는 영국군은 독일군의 적이니까 영국군을 숨겨준 걸 들키면 그 자리에서 모두 총살당

했단다. 그렇지만 외할아버지는 두려운 마음을 이기고 영국군을 보호해주셨어."

"외할아버지는 목숨을 걸고 영국군을 숨겨준 거네요?"

"그렇단다. 숨겨주는 것뿐만이 아니었단다. 외할아버지는 고향 집이 그리울 그들을 위해 두 명씩 교대로 집에 데리고 오시기도 했어. 빨래를 해주고 식사를 제공하고 따뜻한 물로 목욕도 하도록 하며 하룻밤이라도 편안한 잠자리를 만들어주셨어. 그러고는 다음 날 일찍 다시 농장의 은신처로 데리고 갔지. 어느 날, 우리 가족과 영국군 두 명이 같이 식사를 하고 있을 때 초인종이 울렸어. 모두 놀라 얼어붙어 있는데 외할아버지와 같은 마음인 외할머니가 현관문을 열었지. 예상했던 대로 독일 군인이 서 있었어."

"어떻게 위기를 피할 수 있었나요?"

"외할머니는 포도주가 필요하다며 집으로 들어오려는 독일군에게 차분히 말씀하셨대. '독일군 당신들은 위대한 분들인데 우리 집이 지금 너무 지저분해서 모실 수가 없습니다. 그러니 잠시만 기다려주시면 바로 가져다 드리죠. 포도주가 얼마나 필요하신가요?' 다행히 독일 군인은 더는 들어오려 하지 않았고 '1리터 한 병만 주세요'라고 요구했다고 해. 외할머니는 그들이 빨리 돌아가길 바라는 마음으로 5리터를 주었단다."

"외할머니는 정말 지혜로운 분이셨네요."

"맞아. 그렇게 위험한 순간들을 지혜롭게 넘기고 전쟁이 끝날 때까지 영국 군인들을 잘 보호해주셨지. 이 공로로 외할아비지는 영국 정부에서 훈장도 받으셨어."

사실 외할아버지의 훌륭한 삶을 본받으라는 의미에서 내 이름을 빈첸조로 지은 것은 아니다. 먼저 태어난 사촌들이 다른 할머니와 할아버지의 이름을 다 사용했기에 남은 이름이 외할아버지 이름뿐이었던 것이다. 그런데 놀랍게도 나는 빈첸조 외할아버지와 비슷한 삶을 살고 있다. 어려움 속에 있는 이웃을 구해주고, 인간답게 지낼 수 있도록 함께하는 것. 그리고 훈장을 받게 되는 것까지. 같은 이름이 이끈 운명일까.

천국에서 빈첸조 외할아버지가 내 삶을 지켜보며 웃으실 것만 같다.

문은 언제나
열려 있단다

　나의 아버지 안젤로는 농부였다. 형제들과 대를 이어 농장을 운영했고, 양을 기르고 밀과 홉 등을 재배했다.

　그리하여 나에게도 농부의 피가 흐르고 있다. 아버지는 열네 살 때부터 나를 어른으로 대해주셨다. 여름방학이 시작하는 6월부터 3개월간 나와 큰집 사촌 두 명, 작은집 사촌 한 명을 농장에서 일하도록 가르쳤다. 양을 돌보거나 밀을 재배하는 법을 배웠다. 트랙터와 자동차 운전 기술도 배웠다. 나중에는 트럭 운전까지도 하게 되었는데, 트럭을 능숙하게 다루자 내가 꽤 괜찮은 사람처럼 느껴졌다. 자신감이 많이 생겼다. 미성년이어서 운전면허증은 없었지만, 어른들처럼 완벽하게 운전할 수 있게 되자 농장 안에서만은 안전하게 운전을 하곤 했다.

　소년 시절 농사일을 통해 배운 것은 몸을 움직인 만큼,

땀 흘린 만큼 결실을 얻을 수 있다는 것이다. 내가 움직이지 않으면 아무것도 얻을 수 없다는 육체노동의 숭고한 가치를 알게 됐다. 이런 깨달음은 지금까지 이어진다. 지금도 운동화를 신고 쌀 포대와 식자재를 나를 때면 농부의 마음이 된다. 그리고 노숙인들과 일일이 눈 맞추며 식사를 드릴 때도 그런 마음이 든다.

아버지가 나에게 가르쳐준 또 한 가지는 홀로 충분히 슬퍼하는 법이다. 내가 고등학교를 졸업할 무렵 장래 희망을 신부라고 밝혔을 때 아버지는 많이 놀라신 듯했다. 그러나 전혀 내색하지 않으셨다. 며칠 후 말씀하셨다.

"그 길은 어렵고 힘든 일이다. 잘 생각해보도록 해라. 그러나 너의 뜻이 그러하다면 그렇게 하도록 해라. 다만 언제라도 집에 돌아오고 싶거든 문이 열려 있다는 사실을 잊지 마라."

몇 년 후 어머니는 아버지께서 보이지 않는 곳에서 많이 우셨다고 전해주셨다. 많이 우셨다고……. 아버지는 내가 장남인 데다가 농장 일을 좋아하고 능숙하게 해내는 만큼 당연히 농장을 물려받아 운영할 거라고 기대했던 것이다. 사제의 길을 가겠다고 한 나를 존중해주신 아버지는, 내가 해외 선교를 하고 싶다는 이야기를 할 때에도 슬픔을 감추고 격려하셨다.

안나의 집에서도 속상하고 억울한 일이 생긴다. 눈물이 빗물처럼 흘러내리는 날도 있었다. 하지만 봉사자들 앞에서는 눈물을 보이지 않았다. 신문이나 TV를 통해 앞치마를 두르고 웃는 신부로 많이 알려졌지만, 사실 나는 잘 울고 예민하고 걱정이 많은 사람이다. 그러나 내가 슬퍼하는 모습을 드러내면 봉사자들의 마음이 무거워질 수 있기에 내색하지 않으려고 노력한다. 나를 사제로 떠나보냈을 때의 아버지처럼.

아버지가 마지막 순간까지 아들이 고향 집으로 돌아오기를 기다리셨는지, 혹은 아들의 귀향을 포기하셨는지 나는 알지 못한다. 더 이상 물어볼 수도 없다. 분명한 것은 아버지의 가르침은 내 삶의 '반석'이었고, 시련 속 '요새'였으며 '방패'가 되어주었다는 것이다. 그렇게 우리는 모든 순간 함께였다고, 그리운 내 아버지 안젤로에게 전하고 싶다.

첫사랑과
영원한 사랑

열 살 때까지 어린이용 자전거를 탔는데 하루는 그걸 본 아버지가 어른용 자전거를 선물해주셨다. 호기심 많고 모험하기 좋아하는 나는 새 자전거가 생기자 이곳저곳 돌아다니며 열심히 탔다. 지금도 자전거는 내게 가장 중요한 교통수단이다.

이탈리아에서는 5학년, 열 살 때 초등학교를 졸업한다. 졸업 후 우리 반 친구들 중 일곱 명이 중학교에 해당하는 작은 신학교인 '소신학교'에 입학했다. 소신학교는 우리 동네에서 약 20킬로미터 떨어진 다른 도시에 있었다. 그래서 기숙사 생활을 해야만 했다. 주말이면 집으로 돌아왔다가 새로운 한 주가 시작되는 월요일에 다시 학교 기숙사로 갔다. 일곱 친구와 같이 생활한 덕분에 기숙사 생활도 재밌었다.

열네 살 때는 생일 선물로 '베스파'라는 브랜드의 노란색 오토바이를 받았다. 그 당시 오토바이가 있는 아이들은 많지 않았다.

오토바이는 40킬로미터 이하로 주행하게 되어 있었다. 그러나 빠른 속도에 욕심이 생기면서 친구들과 함께 엔진을 분해하여 피스톤을 개조했다. 마침내 70킬로미터까지 속도를 낼 수 있었다. 오토바이 속도를 높이는 것은 불법이었기에 이는 친구들끼리 공유하는 비밀이었다. 오토바이를 잘 타는 것을 뽐내기 위해 온갖 경쟁을 벌였다. 앞바퀴를 들어 뒷바퀴만으로 얼마만큼 갈 수 있는지 내기를 하기도 했다.

오토바이가 생기자 먼 곳에 사는 친구들도 만날 수 있었다. 늦은 저녁까지 놀고 올 때도 있었다. 그러다가 좋아하는 소녀가 생겼다. 그러나 다른 남자 친구들도 모두 그녀를 좋아해서 표현하기는 어려웠다. 마음속으로만 꽤 오래 묻어두었다.

오랜 시간이 지난 뒤 그 소녀가 결혼했다는 소식을 들었다. 그 후 친구들과 격의 없이 함께 만나곤 했고, 이탈리아에 가면 만나는 친구 중 한 명이 되었다.

8년 전쯤 이탈리아에 갔을 때다. 할머니가 된 그녀를 만나 어린 시절의 마음을 털어놓았다. "나는 그때 너를 아주 많이 좋아했었어"라고 웃으며 말했는데, 그녀의 답이 재밌었다.

"나도 너를 좋아했는데 왜 그때 이야기하지 않았어."

우리는 또 즐겁게 결론을 내렸다. "그래도 우리 사이는 달라지지 않았을 거야."

내가 마음을 전하지 않은 이유는 확실하고 단순하다. 나는 그 소녀보다 예수님을 더 깊이 사랑했기 때문이다. 예수님을 사랑하기에 부모님과 고향을 떠나 한국에서 잘 생활할 수 있는 것이다.

어릴 때부터 난 누구보다도 아이들을 좋아했다. 학창 시절, 친구들은 말하곤 했다.

"빈첸조, 너는 다정하고 책임감이 강하니 가정이 생기면 정말 좋은 아버지가 될 거야."

그 말대로 나는 좋은 아버지가 될 수도 있었을 것이다. 신학대학 시절 교수님 중 한 분이 이런 말을 했다.

"이 길밖에 없어서 사제가 되는 것이 아니라, 그 모든 가능성을 버리고 사제가 되는 것이기에 놀라운 의미가 있는 것입니다."

솔직히 말하면 인간적으로 외로울 때도 많다. 아무도 이해하지 못하는 깊고 어두운 고독감을 느낄 때도 있다. 하지만 이 외로움과 고독이 사제로서 나를 더 강하게 만든다고 믿는다.

인간적으로는 연약할 수 있지만, 사제로서는 강한 마음으로 활동한다. 매일 700명에서 900명가량의 노숙인들에게 식사를 드리며 에너지를 받는다. 절망과 화와 분노를 터뜨리는 노숙인을 만날 때도 있다. 그리고 그런 순간에는 나쁜 에너지가 내게 영향을 미치는 걸 느낀다. 그럴 때면 예수님의 얼굴을 바라본다. '예수님을 향한 사랑은 영원하다. 죽어서도 사제로 남는다'라는 마음이 변하지 않았음을 깨닫는다. 예수님을 향한 사랑과 나 자신을 향한 성찰이 화와 분노, 그리움까지 이겨내도록 도와준다. 아니, 예수님의 크고 아름다운 사랑을 온몸으로 느꼈기 때문에 예수님을 따라가고 있다고 말하는 것이 정확하다. 예수님의 사랑은 매일매일 깊어진다. 그 모든 인간적인 가능성을 버렸기에 얻을 수 있는 축복의 삶이다.

내 동생
마릴레나와 스테파노

여동생 마릴레나는 교사다. 남동생 스테파노는 아버지의 농장을 이어받은 농부다. 휴가를 받아 고향에 가면 스테파노의 농장 일을 돕곤 한다. 꽤 큰 농장을 건실하게 운영하는 동생이 믿음직스럽고 고마운 마음이 들어 잠깐이지만 열심히 도와 일하는 것이다.

마릴레나는 새침하고 스테파노는 순하고 온화한 편이다. 그래서 어릴 적, 스테파노와 다툴 일은 거의 없었지만 마릴레나와는 종종 다투기도 했다. 지금은 다투었던 그 시절이 그립다.

마릴레나는 입버릇처럼 내가 자신의 혼인성사*를 집전해

---

* 가톨릭의 일곱 성사 중 하나로, 결혼 예식을 일컫는다. 세례를 받은 두 신자가 주례 사제와 두 증인 앞에서 부부의 연을 맺음을 하느님께 서약한다.

남동생 스테파노의 농장에서 일을 도와주는 모습

주기를 소망한다고 말했다. 내심 기뻤지만, 가족들과 멀리 떨어진 한국에서 수도자 생활을 하고 있었기에 바람을 이뤄줄 수 없으리라고 생각했다. 그런데 마릴레나는 자신의 소망을 현실로 만들었다.

1993년, 마릴레나는 결혼할 사람이 생겼다며 이탈리아로 와서 혼인성사를 집전해달라고 부탁했다. 하지만 오블라띠 수도회의 선교사에 대한 규율은 엄격했고, 당시에는 3년에 한 번 고향에 갈 수 있었다. 난 이런 사정을 마릴레나에게 잘 설명하였다. 물론 아쉬운 마음이 컸다. 그러나 마릴레나는 실망하지 않고 오빠에게 꼭 혼인성사를 받고 싶다며 약혼자와 함께 한국에 오겠다고 했다. 새침하기만 한 줄 알았는데 이런 실천력이 있을 줄이야. 오빠에 대한 신뢰와 사랑을 보여준 것 같아 감동했다.

그해 5월, 이탈리아의 온 가족이 한국을 방문했다. 고모까지 대가족이 왔다. 당시 성남 신흥동 성당의 보좌신부로 있을 때였는데, 교우분의 배려로 우리 가족은 아늑한 한국 가정집에 머물 수 있었다. 우리는 아주 행복한 시간을 보냈다. 한국분들의 진심 어린 환영 덕분에 온 가족이 함께하는 처음이자 마지막 한국 여행은 큰 축복이 되었다.

혼인성사를 준비하던 마릴레나가 한국의 미용실에서 파마를 하고 싶다고 했다. 소개를 받아 미용실에 갔고, 파마가 끝나자 마릴레나는 한국식 화장과 꾸밈에 만족하였다. 신부가 이렇게 착착 준비하는 동안, 나는 고마운 마음으로 혼인성사를 기다렸다.

드디어 혼인성사 날. 신부 대기실에는 봉사자분들이 기다리고 있었다. 낯선 한국에서 마릴레나가 편안하고 행복한 결혼식을 올릴 수 있도록 기꺼이 언니 역할을 해준 자매님들을 잊지 못한다. 봉사자분은 동생이 입을 신부 드레스까지 준비해주셨다. 너무 고마웠다. 거기다 한복까지 준비해준 봉사자분의 마음이 참 크고 깊었다. 한국에 온 지 얼마 안 된 외국인 보좌신부를 위해, 혼인성사 날에 신흥동 성당 교우들이 함께 잔치를 벌인 셈이다.

1993년 5월 16일, 신흥동 성당에서 교중미사 중에 거행된 혼인성사는 이탈리아어로 진행했다. 미사는 한국어로 드렸지만 미사 중간에 하는 혼인성사는 이탈리아 가족들이 잘 알아듣기를 바랐기 때문이다. 아름다운 성가와 더불어 꽃으로 장식된 제대는 혼인성사의 기쁨을 한껏 드높였다. 화창한 계절에 혼인성사를 하게 되어 행복했고, 동생의 혼인성사를 오빠인 내가 직접 집전할 수 있는 것도 감격스러웠다. 혼인성사가 끝나고 동생 부부는 한복을 차려입고 하객들에게 인사했다. 우리 가족은 혼인성사에 참석한 하객들과 교우분들께 감사의 마음을 전하려고 식사를 대접했다.

마릴레나 부부는 당시 한국의 많은 신혼부부처럼 제주도로 신혼여행을 가길 원했다. 이탈리아에서 온 가족들도 다 같이 가게 되었다. 여동생 부부는 둘이서 오붓한 시간을 보내고 싶었겠지만 우리는 모르는 척 제주도까지 따라갔다. 오랜만에 제주도의 아름다운 자연을 만끽하며 가족과 함께 시간을 보낼 수 있어서 행복했다. 특히 나이 차가 열두 살이 나는 남동생 스테파노와 많은 이야기를 나눌 수 있어서 좋았다. 당시 고등학생이던 스테파노와 속 깊은 이야기를 많이 주고받았다.

가족 여행은 부산으로까지 이어졌다. 제주도에서 부산까지 배를 타고 여행했다. 부산에 도착한 후, 해운대에서 식사하기 위해 이동하던 중에 아버지가 사라지셨다. 모두 놀라 오던 길을 되돌아가면서 아버지를 찾았는데 멀리에서 춤추는 모습이 눈에 띄었다. 젊은 청년들이 기타를 치며 춤추고 놀고 있는데 아버지도 함께한 것이다.

"아버지 여기서 뭐 하세요?"

"여기 너무너무 재미있어."

아버지는 말도 통하지 않는 한국 청년들과 명랑하게 노래 부르며 춤추고 있었다. 음악을 좋아하고 낯선 곳에 대한 두려움도, 낯선 사람에 대한 편견도 없는 유쾌한 아버

여동생 마릴레나의 혼인성사 후 가족들과 함께

지의 해프닝이었다.

가족들은 부산을 거처 경주에서도 이틀간 머물렀다. 가족 모두 경주의 고전적인 아름다움에 푹 빠졌다. 즐거운 한국 여행에서 남동생 스테파노는 조금 고생을 했다. 시차 적응을 하지 못한 그는 여행 내내 졸린 눈을 비비며 따라다녔다. 모두가 잠든 밤에는 또 깨어서 방을 왔다 갔다 하며 괴로워했다. 그때 그렇게 사랑스럽던 스테파노는 지금 이탈리아에서 어머니를 챙기며 든든한 장남 역할을 하고 있다.

3주간의 가족 여행을 마친 후 떠나는 공항에서 어머니는 내 손을 붙잡고 긴히 말씀하셨다.

"아들아! 꼭 할 말이 있다. 한국 여자들이 너무 예쁘다. 정말 조심해야 한다. 걱정되는구나."

재차 당부하는 어머니의 두 눈을 보고 나는 크게 웃었다.

"네, 어머니. 알겠습니다."

내색하시지는 않았지만 어머니는 아들이 사제로 살며 유혹과 환란에 빠지는 것을 자주 걱정하셨다.

그 후 부모님은 다시는 한국에 오지 못했다. 다행히 동생들은 2012년 나의 사제 서품 25주년일 때도, 2018년 안나의 집 개관식 때도 와주었다. 그때는 동생들이 낳은 조카들까지 함께할 수 있었다. 또 이탈리아의 선배 신부님

두 분도 한국을 찾아와주어 기쁜 마음이었다.

한국을 처음 찾은 조카들은 이곳을 너무 좋아했다. 특히 이탈리아와 달리 늦은 밤에도 많은 사람이 붐비는 화려한 거리를 신기하게 생각했다. 또 각종 먹을거리와 지하상가의 볼거리들로 조카들은 흥분해서 난리였다. 너무 좋다는 말을 몇 번이나 했다. 그러나 밤 늦게까지 동행했던 어른들은 피곤하고 지치기도 했다.

함께 방문한 '삼성체험관'에서는 한국의 놀라운 IT 기술에 모두 감탄했다. 두 동생은 한국이 처음 왔을 때와 너무 달라졌다고 했다. 경제력만이 아니라 한국 사람들의 생활방식도 달라졌다는 것이다.

지금 돌아보니 마릴레나의 결혼은 우리 가족이 모두 함께한 첫 여행이자 마지막 여행이 되었다. 여행지가 한국이어서 나로서는 무척 고마웠다. 온 가족이 한국을 여행했던 시간이 얼마나 소중했는지, 시간이 흐를수록 절절하게 깨닫는다. 그 순간들이 생생하게 기억나는 것을 보면 마음 한편에서 가족에 대한 그리움이 얼마나 강했는지도 알겠다.

오빠에게 혼인성사를 받으러 와 가족에게 최고의 여행을 선물해준 마릴레나, 그리고 날 대신하여 장남 역할을 잘해내고 있는 스테파노.

스테파노는 지금도 나의 고민과 갈등, 아픔을 가장 잘 아는 친구다. 견디기 힘든 일들이 있어 기도실에서 오래 눈물을 흘리고 난 후엔 스테파노를 찾는다. 스테파노는 내 울음 섞인 목소리를 가만히 듣는다. 어쩌면 예수님은 스테파노의 목소리를 통해 나를 흔들리지 않게 위로하고 있는지도 모른다. 늘 보고 싶고 안고 싶은 동생들에게 멀리서 손을 흔든다.

모든 것은
선물이었으니

나는 장애가 있는 신부다.

나의 장애는 난독증이다.

어렸을 때부터 무언가를 읽는다는 것이 힘들고 버거웠다. 어머니는 내 학교생활에 대해 이렇게 이야기했다.

"선생님과 너를 아는 모두 네가 머리가 좋고 똑똑하다고 이야기했지. 그런데 수학, 국어, 프랑스어는 이상하리만치 잘 이해하지 못하고 실수를 많이 했단다. 그래도 너는 성실하게 공부해서 진급할 수 있었단다."

사실 나는 스스로가 바보인 줄 알았다. 옆자리 친구가 한 시간 만에 끝낼 숙제를 두 시간을 붙잡고 있어야 했다. 열등감이 생겼다. 열등감을 이겨내려고 더 긴 시간을 공부했다. 다행히 오랜 시간 공부한 덕분에 뒤처지지는 않았다. 그 당시에는 잘 몰랐지만, 난독증을 앓고 있었던 것이다.

난독증을 어느 정도 극복하는 데는 어머니의 특별한 지도가 있었다. 특히 책 읽기를 어려워하는 나를 위해 어머니는 함께 책을 읽어주었다. "다시 읽어봐." "다시 한번 읽어봐." 무한한 인내심으로 지치지 않고 격려해주셨다.

난독증이란 지적 수준과는 별개로 읽고, 쓰고, 맞춤법을 제대로 배우는 데 어려움을 느끼는 증상이다. 읽을 때 글자의 앞뒤를 바꾸어 이해하기도 하고, 암기력도 저하된 상태다. 수학 문제를 푸는 능력도 떨어질 뿐만 아니라 정신도 산만해 무엇에 집중하기 어려운 장애다. 나는 내 머리가 나쁘다고만 생각했다. 다른 사람보다 두 배 이상 노력해야 비슷한 결과를 얻을 수 있었다. 학급 친구들은 나보다 노력하지 않아도 더 좋은 성적을 올렸다.

소신학교 시절, 달라지기로 결심했다. 이탈리아문학, 프랑스어, 수학 등을 반복해서 읽고 풀었다. 이때부터 끈질긴 인내심이 생겼다. 조용하던 성격은 활발하게 바뀌었다.

무엇보다 큰 축복은 난독증임에도 성경 말씀에서 아름다움을 발견한 것이다. 원죄가 아니라 원복이라 느꼈던 창세기, 하느님께서 보시니 좋은 세상과 복음의 말씀들, 가슴을 울렸던 성경의 마지막 메시지인 '자비와 사랑과 용서'. 성경을 그리스어로 공부하기도 했는데, 그리스어로 쓰인 '자비와 사랑과 용서'는 이보다 아름다울 수 없는 고귀

하고 성스러운 무늬처럼 느껴졌다. 한 번에 이해할 수는 없었지만, 단단한 돌에 천천히 새기듯 성경을 읽었다. 사랑에 빠지면 자세히 설명하지 않아도 상대의 마음을 읽을 수 있듯이, 나는 그렇게 성경을 이해했다. 있는 그대로 느꼈다.

난독증이었지만 공부를 잘하게 되었다. 보통 사람들보다 몇 배의 시간이 걸렸지만 끈기 있게 해냈다. 신학대학 시절, 세네갈에서 해외 봉사를 마치고 돌아온 나는, 2년 동안 동양철학, 유교, 불교, 힌두교를 공부했다. 동양철학은 내가 좋아하는 분야였지만, 그 2년간의 공부는 몹시 힘들었다. 낯선 단어들이 익숙한 단어들과 섞이고, 머릿속에서 문장들이 뒤죽박죽되기도 했다.

하지만 장애에 걸려 넘어지지 않았다. 더 오랜 시간을 들여 공부했다. 마침내 동양철학 석사학위를 받았다. 원하던 사제가 되었다. 해외 선교를 위해 프랑스어와 영어를 공부했고, 한국에 와서는 한국어를 배웠다. 모든 날이 나 자신과의 싸움이었다.

논문 심사를 마친 교수님의 말씀을 생각하면 미소 짓지 않을 수 없다. "이제 박사 과정을 잘 밟으세요"라는 한마디.

지금도 안타까운 것은 나의 장애를 좀 더 빨리 알지 못했다는 것이다. 2000년대 초에 시사지 〈타임스〉를 읽고 나서야 난독증이 무엇인지를 알게 됐다.

장애는 부끄러운 것이 아니다. 난독증이 있더라도 조기에 발견하고 도움을 받는다면 자신의 재능을 충분히 발전시킬 수 있다. 실제로 아인슈타인이나 피카소, 케네디도 난독증 환자였다고 한다.

왜 나는 독거노인과 고아들, 노숙인들을 위해 일하고 있는가. 모두 아름다운 일이지만 덜 힘든 일을 하는 사제직을 맡을 수도 있었을 텐데, 왜 그렇게 부랑자, 장애인, 교도소 수감자, 정신질환자 등과 지내려고 하는가.

난독증이라는 고통이 나의 영혼을 단련시켰기 때문이라고 생각한다. 고통은 내 정신을 더 민감하게 만들었고 내 존재를 구성하는 일부가 되었다. 어떤 이유에서건 고통받는 사람을 만나면 즉각적인 교감을 할 수 있게 되었다. 그 사람의 고통이 내 것이 되는 것만 같았다. 침묵의 절규가 내 심부를 파고든다. 다른 어떤 말이나 설명이 필요 없이 내 영혼이 그 사람의 고뇌를 먼저 인식한다. 그 고뇌는 나의 것이기도 하다. 난독증은 나로 하여금 누군가의 고통을, 절망을 직관적으로 느끼게 해준 것이다.

낮은 곳의 이웃들을 찾아가는 사제가 된 것도 난독증으로 인한 아픔을 겪었기 때문이다. 난독증은 내 마음을 더 예민하게 만들었고, 주변의 고통과 나약함에 더 귀 기울이도록 했다. 내 깊은 곳에 자리한 고통은 이웃들의 고통과 내가 하나가 되도록 해주었다.

난독증이라는 고통의 형제여, 고맙다. 이 장애로 인해 나는 주위 사람에게 "친구야 도와줘, 너의 도움이 필요해"라고 말할 수 있게 되었다. 어렵고 힘든 여정 속에서 하느님은 장애를 통해 나를 앞으로 나아가게 했다.

나는 2002년부터 한국 난독증 알리기 운동본부 사업을 시작했다. 한국에서는 난독증과 관련한 최초의 협회인 셈이다. 이탈리아 대사관의 지원으로 난독증에 관한 책을 발간하기도 했다. 또한 난독증 세미나도 개최하고 난독증 학생들을 위한 수능시험 시간 연장 운동에도 참여했다.

난독증으로 고통받았기에 난독증을 앓는 사람들에게 도움을 줄 수 있다면 기꺼이 돕고 싶다. 앞으로도 난독증 때문에 힘든 사람들 곁에 서고 싶다.

에밀리오와
토마스 할아버지

봉사에 대한 나의 열정은 한순간에 갑자기 시작된 것이 아니다. 어렸을 때부터 도움을 필요로 하는 사람들이 눈에 들어왔다. 그들의 아픔이 내 가슴에 스며드는 것 같았다. 타인의 고통과 아픔을 글이나 말로 나누지 않아도 직관적으로 느낄 수 있었다.

1968년 이탈리아 전국에서는 사회 변화를 추구하는 수많은 젊은이들이 사회운동에 나섰다. 나는 사회운동을 하는 대학생 형들과 누나들을 우러러봤지만, 나이가 어린 탓에 참여하지 못했다. 그래서 내가 할 수 있는 다른 무언가를 찾기 시작했다. 그것은 주위의 가난한 이웃들을 직접 돕는 것이었다.

처음 봉사하러 간 곳은 소신학교 기숙사 근처에 있던 고아원이었다. 주일마다 또래들과 함께 고아원을 찾아갔다.

그곳에는 버림받고 장애가 있는 아이들이 있었다. 그곳을 청소하고 아이들을 보살폈다. 함께하는 일은 즐거웠다. 때로는 저녁에 파티도 열어 함께 춤추고 놀았다. 고아원의 어린 친구들을 재미있게 해주는 것이 내가 할 수 있는 최선이었다. 그 시간 속에서 세상의 그림자를 분명히 보았다. 이탈리아는 부유한 나라지만, 가난의 굴레에 갇힌 사람들도 너무나 많다는 현실을 절절하게 느꼈다. 그래서 고아원 아이들뿐 아니라 고통을 겪는 이웃들에게 관심을 가지기 시작했다. 혼자 사는 노인들을 찾아 나섰다. 그렇게 해서 만난 분이 에밀리오 할아버지와 토마스 할아버지다.

에밀리오는 평생 시골에서 농사를 지으며 살았다. 세월의 풍파로 얼굴에는 깊은 주름이 있었고 허리는 많이 굽었다. 불편한 몸 때문에 식사 준비도 못 했고 농사일도 쉽게 하지 못하셨다. 그러나 그를 돌봐줄 가족은 없었다. 겨우 농사를 지어 굶주림을 면할 만큼 생계를 꾸리고 계셨다.

나는 친구들과 함께 에밀리오의 농사를 도우며 청소와 빨래, 식사 준비를 했다. 일방적으로 에밀리오를 도운 것은 아니다. 오히려 우리가 얻은 것과 배운 것이 많았다. 에밀리오는 가족과 떨어져 기숙사 생활을 하는 우리에게 따스한 사랑을 전하는 친할아버지와도 같은 존재였다. 인생의 지혜도, 농사일을 하는 방법도 알려주셨다. 씨를 뿌리고 감자를 캐는 방법, 맛있는 포도를 수확하는 방법까지도. 그리고 참전 용사였던 에밀리오에게 전쟁 이야기를 들을 때면 흥미로운 역사 공부를 하는 것 같았다.

에밀리오에게서 받은 가장 큰 선물은 평화와 기쁨이었다. 내가 사랑받는다는 기쁨. 내가 그를 도울 수 있고, 그를 통해 하느님을 섬길 수 있다는 너무나 큰 기쁨. 그리고 마음속의 평화. 이 선물을 통해 내가 어떻게 살아갈지를 알게 되었다.

토마스는 내가 좀 더 성장한 후 비테르보로 이사하고 나서 만난 할아버지다. 지금도 나는 그를 할아버지라고 부르고 싶지 않다. 우리는 서로 교감하는 진짜 친구였다. 토마스는 말을 제대로 못 하는 장애인이었다. 하루 종일 병원 침대에 누워 있어야만 했다. 가끔 병실에 들어와서 옷을 갈아입혀주고 밥을 먹여주는 간호사만이 그가 만나는 세상 사람의 전부였다.

일요일이면 나는 토마스가 있는 병원으로 갔다. 씻겨드리고 가장 멋진 옷을 골라 입혀드렸다. 그리고 함께 산책했다. 내가 휠체어를 밀어드리면 토마스는 행복한 얼굴이 되었다. 동네 한 바퀴를 돌면서 아이스크림도 사 먹었고 공원의 풍경을 바라보며 마음으로 우정을 나눴다.

토마스 덕분에 내 삶이 가치 있다는 것을 느꼈다. 나를

대학 시절, 봉사활동을 하러 간 병원에서 만난 토마스

기다리는 사람이 있다는 것이 나의 마음을 흔들었다. 토마스는 일요일마다 내가 찾아가지 않으면 슬퍼했다. 나를 기다리는 사람이 있다는 점은 청소년 시절의 큰 기쁨이었다. 내가 누군가를 도울 수 있고, 그 누군가가 나를 사랑한다는 데서 기쁨을 느꼈다.

학창 시절 나의 꿈은 정말 컸다. 아름다운 세상, 평화로운 세상, 평등한 세상 그리고 모든 사람이 서로를 아끼며 사랑하는 세상을 만들고 싶은 꿈이 커져갔다.

'신부님이 되어 나의 꿈이 현실이 되는 세상을 만들어보자.'

이런 꿈을 잊지 않게 해준 에밀리오, 토마스 할아버지를 사랑한다. 그분들은 내가 꿈을 현실에서 조금씩 펼치게 해준 분들이다.

그저 사랑하기 위해
사랑하는 것

　내가 속한 오블라띠 선교 수도회는 '가장 가난하고 어려운 이들을 위해 봉사하는 수도회'다. 오블라띠 선교 수도회를 설립한 성 에우제니오 드 마제노드는 1816년 프랑스 남부 엑상프로방스에서 '원죄 없으신 마리아의 오블라띠 선교 수도회'를 설립했다. 버림받은 이들에 대한 사랑이 설립 정신이다.

　그저 사랑하기 위해 사랑하는 것.

　수도회에 들어간 후 나는 모든 일을 하느님의 사랑으로 이해하고 받아들였다. 난독증이라는 장애, 시련, 내가 존재하며 겪었던 모든 순간, 가장 일상적인 차원의 일들도 사랑으로 해석했다. 이웃의 고통을 있는 그대로 느끼기 때문에 고통이 느껴질 때면 외면할 수 없었다. 도움이 필요한 곳들을 찾아가는 사랑의 마음은 끝이 없다.

내가 쓰고 남은 것을 동정하듯 건네주는 것은 사랑이 아닐지도 모른다. 내가 가진 좋은 것을 나누고 이웃의 고통도 나누어야 사랑을 실천하는 것은 아닐까. 사랑하는 마음을 이웃에게 나누다보면 사랑이 점점 커진다. 사랑에는 한계가 없다는 것을 체험한다. 예수님을 사랑하고 내 이웃을 사랑하고 가정을 사랑하면 살아 계신 예수님을 알아볼 수 있다.

사랑하지 않으면 그분을 볼 수 없다. 물론 사랑하면서도 실수할 수 있다. 걸림돌에 걸려 넘어질 때도 있다. 그래도 다시 일어나야 한다. 그때 포기하면 안 된다. 사랑의 한계를 초월하기 위해서는 무한한 노력이 필요한 것이다.

예수님이 우리 곁에 현존한다는 것을 느끼는 조건은 하나다.

멈추지 않고 무조건 사랑하는 것이다.

모든 것이 헛될지라도, 우리의 삶은 사랑하기 위해 주어진 짧은 선물과도 같다. 사랑을 손에만 쥔 채 머뭇거리기에는 인생은 짧고 금세 지나간다. 오늘도 나는 손에 쥔 사랑을 선물하면 더 큰 사랑을 받을 수 있는 품이 생긴다고 믿고 나아간다. 내 두 발은 공허함과 두려움을 지우며 더 크고 온전한 사랑을 향해 걸어간다.

피콜로 신부님

내가 오블라띠 선교 수도회에 들어간다고 했을 때 친구들의 반응은 다양했다.

"그냥 편하게 신부 생활을 하면 되지, 왜 사서 고생하려고 해?"

"참 멋있구나. 가서 가난한 아이들을 치료하고 교육하고 그럴 거니?"

친구들 모두 나를 이해하고 인정해준 것은 아니었다. 내 속에서 불타고 있던 선교에 대한 열정을 그들에게 전해주고 싶은 마음이 간절했다.

오블라띠 선교 수도회에는 여러 과제가 있는데, 그중 일 년 동안 선교 체험을 하는 과정이 있다. 나는 특별히 아시아에 보내달라고 부탁했다. 그러던 중 세네갈에서 선교사 한 명이 필요하다는 연락을 받았다. 1985년, 난 망설이지

세네갈 사람들과 함께했던 날들

않고 아프리카 세네갈로 향했다.

세네갈은 아프리카 한복판에 있는 가난한 나라다. 세네갈에 도착하자 한 번도 경험해보지 못한 무더위가 나를 압도했다. 나무도 거의 없었다. 모래만이 있는 척박한 지역이었다.

하지만 사람들은 아름다웠다. 순박한 사람들이 가난 때문에 굶주리고 있었다. 하나밖에 없는 학교나 병원은 선교사들이 운영했다. 세네갈 사람들은 선교사들을 많이 의지했다. 세네갈 사람들과 함께하면서 예수님의 사랑이 퍼져가는 것을 느꼈고, 황량한 땅에 뿌린 씨앗이 뿌리를 내리는 것 같았다. 그러나 솔직하게 고백하자면 두려움도 컸다. 고요하고 광대하게 펼쳐진 사막을 보면서 평생 하느님을 섬기며 사는 것이 진정으로 내가 걸어갈 수 있는 길인지 고민했다.

황무지와 같은 환경 속에서 언어 소통이 되지 않는 주민들을 만나는 것이 두려웠다. 이런 걱정을 녹여준 것은 그곳에서 함께 선교 활동을 했던 신부님의 말씀이었다.

"네가 이 사람들을 사랑하면 이 나라 언어가 배우기 쉽다고 할 것이고, 사람들도 너무 착하다고 말할 것이다. 그러나 주님께서 너에게 보내신 이 사람들을 사랑하지 않는다면 이 나라 언어가 너무 어렵다고 할 것이고, 음식도 맛

없고 이 민족을 받아들이기 힘들다고 할 것이다."

이 말을 듣고 나는 용기를 얻었다. 나는 사람들과 함께 음식을 만들고 병원을 짓고 모터를 고치고 그날그날 필요한 일들을 해나갔다. 그런 시간 속에서 세네갈 사람들이 더욱 좋아졌다. 얼마 되지 않는 음식을 나누었고 행복을 느꼈다. 나는 점점 세네갈 사람들 속으로 들어갔다. 무엇보다 언어를 초월해 소통하는 것이 신기했다. 세네갈 언어를 배운 적이 없었지만 주민들과 통했던 것이다.

소리를 지르며 동네를 어지럽히는 정신지체 장애인이 있었다. 그는 알아듣지 못하는 소리를 질러댔다. 동네 사람들은 악마가 씐 것이라며 그를 피했다. 실제로 그는 키도 크고 체격도 커서 소리를 지르지 않아도 무서워 보였다. 나는 그를 피하지 않았다. 매일 병원을 짓는 공사장에 가는 길에 그에게 들렀다. 먹을 것을 주고 그와 이야기를 나누었다. 나는 세네갈의 공식 언어인 프랑스어를 배웠지만, 세네갈 사람들은 프랑스어를 못했고 세네갈어를 사용하는 경우가 많았다.

그는 세네갈어로 말하고 나는 프랑스어로 말했다. 그러나 프랑스어를 모르는 그에게 프랑스어로 말하는 것을 고집할 필요가 없다는 생각이 들었다. 나는 그냥 이탈리어어로 말했다. 그런데 말이 통하는 것을 느꼈다. 몇 마디를 나누는 동안 서로의 마음을 느꼈던 것이다.

대화를 하며 그와 매우 가까워졌다. 어느 날, 그의 집에 들렀는데 그가 나에게 땅콩 한 줌을 건네는 것이 아닌가. 땅콩 한 줌이 그의 아침이자 점심인 것을 알고 있었다. 그래서 그 땅콩들을 받기가 너무나 미안하고 부담스러웠다. 거절하는 나를 보고 그는 제발 받아달라고 했다. 내가 항상 자신과 함께 시간을 보내는 것이 고마웠던 것 같다. 그래서 나는 그 어떤 선물보다 값진 땅콩 한 줌을 받아 들고 미안해하면서도 행복한 미소를 지으며 일하러 갔다. 땅콩을 건네던 그의 손짓은 지금도 잊을 수 없다.

세네갈의 꼬마들을 생각하면 입가에 웃음이 번진다. 나는 아이들과 정말 신나게 놀았다. 아이들이 하는 것이라면 공차기와 소꿉놀이 등 무엇이든지 했다. 아이들은 내가 프랑스어로 이야기를 건네면 반가운 표정으로 답했다. 실제로 아이들은 프랑스어를 몰랐는데, 어떻게 이런 소통이 가능했을까 신기하다.

마을 아이들의 이름은 하나같이 예뻤다. 하지만 비슷하게 들렸다. 이름을 외운 다음 날이면 자주 잊어버렸다. 나는 몇 달 동안 그 이름들을 외워보려고 노력했지만 결국은 포기했다. 그리고 모든 꼬마들을 '피콜로^{Piccolo}'라고 부르기 시작했다. 피콜로는 이탈리아어로 '꼬마'라는 뜻이다. 그런

세네갈 아이들과 함께했던 다정한 순간

데 내가 매일 "피콜로, 피콜로" 하니까 이번에는 아이들이 나를 "피콜로"라고 부르기 시작했다. 내가 사는 마을뿐만이 아니라 내가 봉사하러 다니는 모든 마을에 "피콜로"라는 이름이 퍼졌다. 그래서 어디를 가든 아이들은 내 뒤를 졸졸 따라오며 "피콜로, 피콜로" 하고 불렀다.

내가 계속 세네갈에 있었으면 나의 또 다른 이름은 피콜로로 굳어졌을 것이다. 이렇게 불리는 것에 웃음이 나왔지만 언제나 어린아이의 마음으로 살라는 하느님의 말씀도 떠올랐다. 마음이 통한다는 것이 무엇인가. 어린아이 같은 마음의 피콜로 신부로 일 년을 보냈다.

한편 세네갈에서 알게 된 요셉을 통해 예수님을 느끼기도 했다. 그는 오랜 시간 선교 활동을 했다. 요셉은 세네갈 주민과 말은 통했지만, 마음이 잘 통하지 않아 고통스러워했다. 요셉은 나병환자였고 부인까지 잃은 슬픔 속에 홀로 살다가 그리스도를 만나 선교사가 된 사람이었다.

이슬람 신자들의 마을 안에서 살았던 그는 늘 위협을 당했다. 마을 사람들은 가톨릭 신자인 요셉 때문에 마을이 고난을 겪는다며 요셉에게 마을을 떠나라고 요구했다.

"내가 살아가는 유일한 이유는 그리스도다. 오로지 그리스도를 통해서만 힘을 얻고, 이 마을은 내가 나고 자란 땅이라 떠날 수 없다. 죽이든 살리든 상관없어."

요셉의 강건한 믿음은 흔들리지 않았고 20년 세월 동안 기적을 만들어냈다. 그는 점점 사람들의 마음을 움직였다. 그곳은 놀랍게도 가톨릭 마을이 되었다. 믿음이 사하라사막의 모래바람을 재우는 단비가 된 것이다.

사제가 되기 위해 수행 중이었던 나는 모래바람을 맞으며 척박한 땅 위에서 "저는 당신을 사랑합니다. 당신이 이끌어주시는 길을 따라가겠습니다" 하고 다시 예수님께 고백했다.

아프리카의 한낮 열기는 무척 뜨거웠다. 그러나 내 몸에 들어온 예수님을 향한 사랑의 열기는 그것보다 더 뜨거웠다. 내 영혼에 들어온 빛은 사막에 내리쬐는 햇빛보다 더 강했다.

타고르, 라파엘라 수녀
그리고 예수님

　나의 내면을 등불처럼 비춰준 세 명의 아시아인이 있다.

　첫 번째 아시아인은 예수님이다. 예수님이 말씀하신 인류적 차원에서의 평화와 용서, 모두가 하나의 큰 가족이고 서로를 도우면서 살아가야 한다는 가르침, 그리고 이 모든 것의 바탕이 되는 '사랑'에 나는 깊이 매혹됐다. 모든 사람이 우리의 형제이고 우리가 서로를 용서할 수 있다는 것, 그리고 사랑할 수 있다는 것을 다른 사람들에게 알려주고 싶었다. 그래서 나는 예수님의 도구가 되는 길을 선택했다.

　신학교에 다니던 시절, 친구에게 시집 선물을 받았다. 그때 나의 인생을 바꾼 두 번째 아시아인을 만나게 되었다. 바로 인도의 시인 타고르다. 그 당시 읽었던 시는 지금도 내 가슴에 고스란히 새겨져 있다.

　시집을 읽으며 나는 봉사에 내 삶의 전부를 쏟는 사명

을 따르기로 결심했다. 시를 읽으며 일생 동안 봉사하겠노라고, 내 주위 사람들뿐만 아니라 인류를 위해 봉사하겠노라고 다짐했다.

타고르의 작품들에 푹 빠졌던 나는 타고르의 벗인 간디의 작품들도 읽었다. 간디는 오로지 비폭력 저항운동으로 대영제국을 물리쳤다. 수감되고 고문도 당했지만, 간디는 한 번도 그것을 폭력으로 갚은 적이 없다. 간디의 비폭력 업적을 보면서 나는 예수님의 가르침이 이와 같을 것이라고 생각했다.

시간이 지날수록 나는 점점 더 아시아에 관심을 가지게 되었다. 신학대학에서는 동양철학을 공부하면서 아시아의 긴 역사, 깊이 있는 문학과 철학, 불교와 유교에 관심을 두고 공부했다. 아시아를 공부하며 이웃에 대한 섬김을 배웠고, 넓은 시야와 열린 사고로 생각하게 되었다.

세 번째로 만난 아시아인은, 예수와 타고르에 비하면 이름 없는 한 사람인 라파엘라 수녀님이다.

돌아다니고 산책하는 것을 좋아했던 열다섯 살의 나는 종종 고향 마을 한편에 자리한 죽은 이들을 위한 장소를 찾았다. 오래된 돌길을 따라 걷다 발견한 특별한 장소였다. 침묵 속에서 비석들이 내게 말을 거는 느낌이었다. 저마다 인생 사연들에 대해 속삭이는 것 같았다.

많은 이들의 삶이 함축돼 있는 비석들 가운데 작고 초라한 묘지 앞의 한 비석이 나를 사로잡았다. 라파엘라 수녀님의 비석이었다. 비석에는 이렇게 적혀 있었다.

라파엘라 수녀, 성녀 프란치스카 수도회의 선교사.
1908년에 태어나 1944년에 중국에서 사망.

간결하고 짧았지만 내 가슴을 강하게 흔들었다. 지금은 라파엘라 수녀님이 결핵으로 젊은 나이에 세상을 떠났다는 것 정도는 알게 됐지만, 그때는 아무것도 알지 못했다. 비석에 적힌 대로 중국에서 일생을 선교하다가 숨진 수녀님이라는 것밖에는. 그럼에도 그 차가운 비석은 내 가슴에 크고 뜨거운 울림을 전했다. '이탈리아의 수녀님이 왜 먼 아시아 땅으로 향했을까? 왜 생을 일찍 마감했을까?' 이어지는 의문들 속에서 수녀님의 삶이 숭고하게 다가왔다.

나는 어떤 강한 영감 속에서 비석을 보며 약속했다.

'제가 수녀님이 다하지 못한 사명을 이어가겠습니다. 아시아에서 조용히 평생 봉사하며 살겠습니다.'

그렇다. 나는 예수님을 섬기고 가난한 이웃을 섬기려고 사제가 되었다. 라파엘라 수녀님처럼 아시아에서 봉사를 하고 싶었다. 수녀님은 아시아에서 사명을 다하신 분이니

아시아분이라 말하고 싶다. 내가 스스로 '한국인'이라고 말하는 것처럼.

내 길을 이끌어준 아시아인 3인을 기록한다. 타고르, 라파엘라 수녀 그리고 예수님. 타고르는 내 길의 시작을 열어주었고, 라파엘라 수녀님은 내가 걸어가야 할 길의 방향을 보여주었으며, 예수님은 내게 절대적 사랑의 가치를 알려주었다.

예수님의 사랑과 세상과 이웃을 위한 헌신을 선택한 나 자신을 사랑하고 싶다.

문은
열려 있다

안녕,
나의 사람들아

1990년 5월 12일 저녁 5시. 스튜어디스가 친절한 미소를 지으며 인사했다.

"안녕하세요. 편안한 여행이 되셨습니까?"

벅찬 마음으로 김포공항에 착륙한 비행기의 계단을 내려갔다. 당시는 공항과 비행기가 연결되는 통로가 없었다. 도착하면 계단을 내려와 땅을 밟아야 했다. 한국 땅이다. 새로운 인생이 열리는 땅에 첫걸음을 내디뎠다.

내 인생의 특별한 날이었다. 5월은 밝고 화창했다. 어디에선가 불어오는 따뜻하고 청량한 바람의 향기가 좋았다. 땅을 밟고 잠깐 서서 깊이 숨을 들이마셨다. 깊은 호흡과 함께 나는 결심했다.

'이 순간부터 이 땅은 내 땅이다. 이 땅의 민족이 내 민족이다. 나는 죽을 때까지 이 나라에서 봉사하며 살 것이

다. 나는 드디어 한국에 왔다.'

뒤돌아서 나를 한국까지 태워준 비행기를 보았다. 거대한 비행기 모터는 더 이상 소리를 내지 않았다. 이 강인한 모터들이 고향 친구들과의 추억과 인간적인 집착을 모두 태워버린 것 같았다. 나는 또다시 원점에 섰다. 아직 한국어도 할 줄 몰랐고 신문이나 잡지 등에서 한국 소식을 겨우 접했을 뿐이었다.

'빈첸조, 그동안의 일들은 잊어야 해. 앞으로 닥쳐올 일들, 만나게 될 사람들만 생각해.'

스스로를 다독였지만 떨리는 마음을 진정시키기 힘들었다.

한국으로 오기 전 가족과 친구들과 나눈 인사는 소박했다. 간단하게 인사하고 비행기 시간에 맞추어 로마로 향했다. 당시에는 이탈리아에서 한국행 직항 노선이 없었다. 비용을 아끼기 위해 가장 싼 티켓을 구했다. 로마-런던-알래스카-도쿄를 경유하며 이틀에 걸쳐 겨우 서울에 도착했다. 머릿속에는 온갖 상념이 가득했지만, 내가 가져온 것이라고는 짐가방 두 개가 다였다.

가방 안에는 성경책과 부모님과 찍은 사진, 사제가 되면서 부모님께 받았던 시계와 목걸이, 그리고 세네갈에서 선물받은 아프리카 전통 성모상과 제의, 또 옷 몇 벌이 있었다. 짐은 적었지만, 마음은 인생을 건 희망으로 가득했다.

"주님, 가난한 사람들 속에서 당신을 사랑하러 이곳에 왔습니다. 제 안의 깊은 곳에서 아브라함의 체험을 하는 것 같았습니다. '네 고향과 친족과 아버지의 집을 떠나, 내가 너에게 보여줄 땅으로 가거라. 너를 큰 민족이 되게 하리라.' 저도 아브라함처럼 새로운 재산, 즉 새로운 땅과 민족을 가지게 되었습니다. 그것은 바로 한국과 한국 사람들입니다. 저는 그들에게 배우기 위해 이곳에 왔습니다. 저의 삶을 함께하고 주님의 사랑을 증언하기 위해 이곳에 왔습니다."

한국에는 내가 속한 오블라띠 선교 수도회가 아직 자리 잡기 전이었다. 그래서 프란치스코 수도회에서 처음 한국 땅을 밟은 나를 챙겨주었다. 공항까지 마중 나와 따뜻하게 환영해주었다. 봉고차를 타고 함께 숙소로 향했다. 한국에 처음 파견되어 머물 숙소가 없었던 우리를 위해, 프란치스코 수도회에서 지낼 곳을 마련해주었다. 숙소는 광화문 가까이에 있었다. 주변의 고궁과 빌딩이 함께하는 정경이 내 마음을 사로잡았다.

한국어 교실을 다니기 전까지는 아침에 일어나면 고궁 주변을 달리고 숙소에 돌아오면 성경을 공부하는 하루하루를 보냈다. 스스로 풀어지지 않도록 규칙적으로 운동과 성경 공부를 해나갔다. 고궁을 달리면서 바라보았던 부드러운 곡선의 지붕과 수백 년의 역사를 가진 나무들이 어우러진 풍경. 지금도 내가 사랑하는 한국의 풍경들 가운데 하나다.

하루는 아침에 조깅을 하는데 고궁 주변에서 광고를 찍고 있었다. 잠시 구경하는데 스태프로 보이는 사람이 나에게 말을 건넸다.

"광고에 외국인 모델이 필요한데 해보실 생각 없으세요?"

물론 내가 잘생겨서는 아니고 외국인이 드물었기 때문에 받을 수 있는 제안이었다.

한국에 온 지 며칠 되지 않아 전철을 탄 적이 있다. 사람들이 많지 않은 시간이었다. 젊은 부부의 가족이 앉아 있었다. 엄마 아빠는 잔뜩 짐을 안고 앉아 있었고, 두 아이는 자기들끼리 놀고 있었다. 네 살 정도 돼 보이는 여자아이가, 날 발견하고 두 눈을 크게 뜨고 내 얼굴을 빤히 쳐다보았다. 그리고 진지하게 엄마에게 말했다.

"엄마, 엄마, 미국 사람이야."

외국인을 대부분 미국인으로 보던 때였다. 나는 내게 다가오는 여자아이에게 미소를 지으면서 말했다.

"미국 사람이 아니고 이탈리아 사람이야."

여자아이는 또랑또랑한 눈빛으로 내게 말했다.

"여기서 뭐 해요? 왜 이렇게 이상하게 생겼어요? 코도 크고, 눈도 이상하고, 입도 엄청 커요……."

짧은 대화를 나누며 친해졌다. 본래 어린이를 좋아하는 나는 전철에서도 그 마음을 그대로 표현했다. 먼저 내려야 했던 나는 아이와 인사를 나누었다. "안녕."

한국에서 맞이하는 첫 일요일. 선교사로 먼저 한국에 와 있던 친구가 성당에 나를 초대했다. 한국인들을 더 잘 알 수 있는 기회이기도 했다. 선교사 친구는 나를 서울에 온 지 얼마 되지 않은 신부로 소개했다. 미사가 끝나고 성당 앞에 많은 신자들이 모여 이야기를 나누었다.

나는 한구석에서 이 활기찬 생명력을 음미했다. 이런 나를 발견하고 옷을 멋지게 차려입은 분이 나에게 다가왔다. 그리고 고개를 숙여 인사하더니 내 손을 꼭 잡았다.

"안녕하세요. 우리나라에 온 것을 환영합니다. 고향을 떠나 우리와 함께 살기 위해 이곳에 오신 것을 감사드립니다."

이런 말이었을 것 같다. 당시 나는 말뜻을 완전히 이해하지 못했다. 다만 온화한 표정과 내 귀에 들리는 '안녕'이라는 단어가 내가 한국에 온 것을 환영하고 행운을 비는 아름다운 말임을 알기에 충분했다. 생각지 못한 그분의 진심 어린 환영에 나는 감동받은 채 서 있었다.

한국에 와서 처음 배운 단어는 '안녕'.

당시에는 외국인이 드물어 신기하다는 듯 나를 오랫동안 쳐다보는 사람들이 많았다. 나는 웃으며 안녕, 하고 인사를 건넸다. 안녕은 평화라는 뜻이다. 한국 사람들이 가장 많이 쓰는 이 단어가 나의 불안을 지워주었고, 깊은 평화를 안겨주었다.

"안녕!"

이제 나에게는 내 인생을 함께 살아갈 사람들이 생겼다. 궁금한 것이 많고 지적이고 활기찬 사람들이다. 일도 열심히 하고 문화에 대한 자부심도 강하다. 인간미도 넘친다.

내가 삶을 함께하기로 부르심을 받은 사람들, 한국 사람들.

이제 나의 사람들이다.

'찌개와 떡'
못 먹겠어요

　한국에 함께 온 마우로 신부님과 나는 한국 음식을 먹기가 힘들었다. 사실 난 쌀 요리를 어렸을 때부터 좋아하지 않았다. 처음 먹어본 김치는 신맛이 강했고, 한국에서 사용하는 양념들은 경험해보지 못했던 독특한 맛이었다. 특히 찌개와 떡은 너무 낯설었다.

　프란치스코 수도회에서는 우리가 한국 음식을 잘 못 먹는 것을 알아채고 아침 식사로 특별히 빵과 잼, 햄, 계란 등을 따로 준비해주었다. 감사하고 미안했다.

　세네갈에서 봉사할 때 나이 드신 선교사 신부님께서 하신 말씀이 다시 생각났다.

　"네가 이 사람들을 사랑하면 이 나라 언어가 배우기 쉽다고 할 것이고, 사람들도 너무 착하다고 말할 것이다. 그러나 주님께서 너에게 보내신 이 사람들을 사랑하지 않는다면 이 나라 언어가 너무 어렵다고 할 것이고, 음식도 맛 없고 이 민족을 받아들이기 힘들다고 할 것이다."

나는 다시 마음을 다잡고 생각했다.

'아직 이 나라 사람들을 충분히 사랑하지 않았기 때문에 음식 맛이 없다고 느꼈구나.'

그 말씀을 떠올린 후 한국 음식들을 사서 맛보며, 익숙해지도록 노력했다. 그러면서 한국 음식의 참맛을 조금씩 알게 되었다. 음식뿐 아니라 한국의 모든 것들을 사랑하기 위해 노력했고 정말로 사랑하게 되었다.

사랑에는 상상을 뛰어넘는 힘이 있다. 쌀밥을 좋아하지 않던 내가 가난한 이웃들에게 쌀밥을 전해주는 신부가 됐다. 정말 먹기 힘들었던 음식 두 가지였던 '찌개와 떡'은? 내가 지금 가장 잘 만드는 요리는 '김치찌개'다. 노숙인 친구들도, 함께 사는 신부님들도 내 솜씨를 인정해준다. 그리고 특별한 날, 떡이 빠지면 섭섭하다. 나는 같이 환갑을 맞은 노숙인들과 환갑잔치를 함께했는데, 무엇보다 많은 분들과 떡을 나누어 먹을 수 있어 참 행복했다.

인생은 이렇게 재미있다.

말을 배우고
이름을 얻다

한국에 도착하고 일주일 후 병원으로 향했다. 아파서 간 것이 아니고 장기기증 신청을 하기 위해서였다. 죽을 때까지 이 땅에서 봉사하며 살고 싶다는 결심의 첫걸음이었다. 그러고 나서 한국어 공부를 시작했다.

한국어 공부는 그리스어, 프랑스어, 영어에 이은 네 번째 외국어 도전이었다. 그리스어는 성경을 공부하며 자연스럽게 배웠고, 프랑스어는 중고등학교 때부터 공부하다가 세네갈 선교를 앞두고 프랑스에서 두 달 정도 체류하며 공부했고, 영어는 아일랜드에서 6개월 정도 지내며 공부했다. 프랑스어와 영어를 공부할 때는 이탈리아어와 같은 뿌리의 나무인데 나뭇잎만 조금 다른 언어라고 느꼈다. 그런데 한국어는 기역, 니은을 외우는 것부터 자음과 모음을 조합하는 것, 그리고 어순까지 낯설었다. 한글을 읽고 단어를 외우고 문장을 읽고 쓰고, 그럴 때마다 머릿속이 마구 엉켰다. 난독증이 있어 이탈리아어로 된 책을 읽는 것도 오래 걸리는데, 한국어를 읽는 일은 오르지 못할 거대한 산을 눈앞에 둔 것 같았다.

처음으로 다녔던 한국어 교실에서는 배운 단어들을 다음 수업 때까지 무조건 외워야 했다. 선생님이 무서워 보였다. 한국어라는 생소한 언어를 통째로 외워야 하니 머릿속이 하얘졌다. 그러나 언제나처럼 이겨낼 수 있다는 의지를 다지며 오전에 한국어 교실에서 네 시간 공부하고 돌아와 다시 네 시간 외우고, 저녁 식사 후 또 확인했다.

한국어를 공부하다가 머리를 식히기 위해 옥상에 올라간 날이었다. 옥상에서 비행기를 보았다. 그날은 유난히 한국에서의 생활이 쉽지 않다고 느꼈다. 한국을 떠나야 하지 않을까 하는 생각도 들었다. 하늘을 나는 저 비행기에 몸을 싣고 고향으로 가고 싶은 마음에 서러움이 복받쳐 펑펑 울었다.

우여곡절 끝에 처음 다녔던 한국어 교실을 그만두고, 서강대학교의 한국어학당에서 한국어 공부를 다시 본격적으로 시작했다. 한국어와의 힘겨운 싸움은 계속됐지만, 그곳에서 인생 최고의 선물을 받았다. 바로 내 이름 '김하종'이다. 나의 한국어 선생님께 한국 이름을 지어달라고 부탁했다. 내가 선교사이며 신부라는 사실을 알고 있던 선생님은 최초의 한국인 신부였던 김대건 신부님의 성을 따서 '김', 하느님의 종이라는 뜻의 '하종'을 이름으로 붙여주셨다. 선생님이 어떻게 나를 그렇게 꿰뚫어보고 계셨는지 신기했다.

나는 하느님을 사랑했기 때문에 신부가 된 것이다. 나의 일생을 오직 하느님을 위해, 한국을 위해 바치고자 선교사가 됐다. 성인 김대건 안드레아 신부님보다는 훨씬 못하지만, 그분을 닮고자 하는 의미가 깃든 '김'이라는 성은 영광스럽기만 하다. '김하종'이라는 이름을 얻자 순교자들의 길 위에 선 것 같았다. 목숨을 버리고 하느님의 종이 됐던 순교자들이 만든 길이다.

김대건 안드레아 성인에 얽힌 재밌는 일화 하나가 생각이 난다. 한국에 오기 전 영어를 먼저 익히기 위해 아일랜드 더블린에서 영어 공부를 했다. 그때 정말 마음이 조급했다. 영어를 얼른 익히고 하루라도 빨리 한국으로 가고 싶었기 때문이다. 하루 종일 영어 공부를 하고, 저녁에 겨우 한숨 돌리며 식당에 들러 생선과 감자튀김을 먹으며 지내는 날들이었다. 집에 돌아오면 옷에 튀김 냄새가 배어 있었다.

그런데 영어학원에 들어가기 전에 보는 시험이 있었다. 성적이 낮게 나오면 하급반으로 배정되는 시험이었다. 영어

를 배우는 기간이 길어지면 곤란해서 나는 꼭 상급반으로
가고 싶었다. 시험을 보는 날은 마침 성 안드레아의 축일이
었고 나는 간절히 기도를 드렸다. 빨리 한국에 가고 싶으
니 시험을 잘 볼 수 있게 도와달라고.

드디어 시험장에 갔다. 기도만으로 시험을 잘 볼 수는
없다. 도움이 절실했다. 시험지를 받고 옆을 둘러보니 영민
해 보이는 학생이 있었다. 바로 이탈리아에서 함께 아일랜
드로 영어 공부를 하러 온 마우로 신부님이었다. 마우로
신부님은 같은 오블라띠 선교 수도회 소속으로, 훗날 함께
한국에도 오게 되는 친한 친구 같은 분이다. 마우로 신부
님은 중고등학교 때부터 영어 공부를 해서 영어를 아주 잘
했다.

시험이 시작되고 얼마 후, 행운이라고밖에 말할 수 없는
일이 벌어졌다. 감독 선생님이 일이 있다며 잠시 후 돌아
오겠다고 말씀하시고 교실을 나간 것이다. 한국에 빨리 가
고 싶은 나의 바람을 잘 아는 마우로 신부님은 나에게 먼
저 푼 시험지를 건네주었다. 마우로 신부님은 머리가 좋을
뿐만 아니라 성격까지 좋았던 것 같다. 덕분에 시험을 잘
볼 수 있었고, 상급반에 들어가 영어를 배우는 시간을 단
축할 수 있었다. 한국에 더 빨리 올 수 있었던 것은 성인
김대건 안드레아 신부님이 아일랜드의 더블린까지 찾아와

나에게 행운을 주었기 때문이 아닐까. 나는 엉뚱하게도 그렇게 믿고 싶다.

외할아버지의 이름을 딴 빈첸조와 함께 내 인생의 또 하나의 이름 김하종. 이름처럼, 뒤에서 조용히 할 일을 했을 때 행복을 느낀다. 가난한 사람들, 장애가 있는 사람들, 고통받는 사람들을 위해 하느님의 종으로서 소임을 다할 때 행복하다. 세네갈에서 어린이들은 나를 '피콜로'라고 불렀다. 어떤 의미에서는 피콜로와 하종은 서로 통하는 이름이다. 겸손해지고 작아지면 행복해지는 이름 '하종'. 하느님의 사랑을 대신 전해주는 심부름꾼인 내게 딱 맞는 이름이다.

이 땅에 순례의 짐을
내려놓다

　한국어를 공부하고, 한국을 알아가며 한국의 천주교회가 어떤 곳인지도 조금씩 알아가기 시작했다. 사제들 모임에도 참석하게 됐다. 그 모임에서 만난 배 베드로 신부님은 내가 사제로서 한국에서 적응할 수 있도록 길을 만들어주셨다. 베드로 신부님은 이탈리아어도 공부해 나와 의사소통이 수월했고, 가난한 사람들을 향한 나의 열정까지 알아보셨다. 신부님은 당신이 주임신부님으로 계셨던 성남 신흥동 성당에 나를 초대했다. 성남에는 아직 가난한 사람들이 많다면서 부른 것이다. 나는 그렇게 성남과 인연을 맺고, 신흥동 성당의 보좌신부로 가게 되었다.

　드디어 미사를 집전하고 강론을 해야 하는데 문제는 부족한 한국어였다. 발음도, 문장을 쓰는 것도 서툴기만 했다. 그래도 물러설 수 없었다. 어떻게 오게 된 한국인가. 나는 피나는 노력으로 서툰 발음과 어색한 문장을 다듬으려고 노력했다. 일단 일요일에 할 강론에 대한 텍스트를 준비해 베드로 신부님을 찾아갔다. 강론의 내용을 베드로 신부님이 읽고 수정해주셨다. 시험지를 채점하는 선생님 앞에선 어린이가 된 심정이었다. 베드로 신부님은 수정이 끝나면 내가 읽기 쉽도록 큰 글자로 프린트해주셨다. 그러고 나면 신부님 앞에서 한국어로 강론 연습을 했다. 한국 사람들이 알아들을 수 있을 때까지 연습했다.

집에 와서도 끝이 나지 않았다. 강론을 읽고 외우고 사전을 찾아보았다. 보좌신부로서의 한 주 한 주가 이렇게 흘렀다. 지금 생각해보면 당시 내 한국어 강론을 들었던 많은 분들이 나의 어색한 발음 탓에 강론 내용을 제대로 이해하지 못했을 것 같다. 부끄럽기만 하다. 그래도 "고생하셨습니다. 수고하셨어요"라며 정중하게 격려해주는 분들이 많았다.

이렇게 한국 이름을 갖고 한국어로 말씀을 전하며 나는 정말 한국 사람이 되고 싶었다. 한국 땅을 밟은 이후 늘 지니고 있던 간절한 바람이었다. 그런데 귀화 과정을 알아보니 한국에서 사업을 하거나 한국인과 결혼했거나 재산이 일정 정도 많은 경우여야 가능했다.

이 땅의 사람들과 진심으로 깊은 인연이 되고 싶어 헌혈을 참 자주 했다. 병마와 싸우는 분들에게 형제자매의 마음으로 생명의 양식을 드리고 싶었다. 나의 삶을 봉헌해 이 땅의 형제자매들에게 영원히 마르지 않는 포도주와 넘쳐나는 빵을 드리고 싶었다. '원초적 축복'에서 시작해 마지막으로 '최종적 축복'이 오는 그날까지, 이 땅의 사람들 손을 잡고 함께 걸어가고 싶었다.

그토록 한국인이 되고 싶었던 나는, 2015년 11월 기적처럼 한국 국적을 갖게 된다. 법무부에서 특별 공로자에게 부여하는 한국 국적 증서를 받게 된 것이다. 프랑스인으로 외규장각 의궤 반환 운동을 하신 마르틴 프로스트 여사와 함께 특별 공로자로서 한국 국적 증서를 받았다.

내가 드디어 한국인이 된 것이다. 한국에 온 지 25년 만에 바라고 또 바라던 꿈을 이루었다. "나는 한국 사람입니다"라고 떳떳하게 말할 수 있는 벅찬 감격을 어떻게 말로 표현할 수 있을까. 너무나 한국인이 되고 싶어 했던 나의 바람을 잘 아는 이탈리아 가족들도 진심으로 기뻐하고 축하해주었다. 주민등록증을 만들 때의 일화도 잊지 못한다. 주민등록증 발급 서류에 '경주 김씨, 전주 이씨' 같은 뿌리를 기록해야 하는데 내게는 그런 뿌리가 있을 리 없었다. 그래서 '성남 김씨'로 새롭게 만들었다. 성남은 한국에서 나의 고향과 같은 곳이기 때문이다.

2019년 제4351주년 개천절 경축식에서 대한민국 국민을 대표해 만세삼창을 하는 영광을 안았다. 한국 사람들이 성남 김씨 김하종 신부를 정말 '한국인의 종'으로 품어준 것 같았다.

　나는 언제나 한국과 한국인을 사랑했다. 사랑하면 그 사람과 하나가 되고, 영원히 함께하고 싶은 법이다. 육신이 남아 있을 때까지 착하고 충성되고, 행복한 종이 되어 한국의 배고픈 이들을 섬기리라. 밥 한 그릇의 온기를 전하며 허기진 이들의 거친 손을 잡아주리라. 언젠가 나의 육신이 때를 다하면, 한국의 젊은 의학도들을 위해 내놓을 것이다. 그러고 나서 재로 뿌려져 한국의 평화로운 자연 속으로 돌아가고 싶다.

슬픈 이방인

아시아에서 사랑을 전하는 사제가 되자는 결심은 이방인의 삶을 살겠다고 결심하는 것과 같다.

소외감은 익숙한 것이었다. 프랑스에서 프랑스어를 공부했을 때는 사람들이 나를 '스파게티'라 불렀고, 영국에서는 '마피아'라고 불렀다. 북부 이탈리아에서는 나를 '촌놈'이라 불렀다. 아프리카에서는 나에게 거리를 두고 '투오밥 toubab'(백인)이라고 불렀다. 나는 이방인이었다.

한국에서도 비슷한 일을 겪었다. 1990년대 초, 눈이 내리는 일요일이었다. 성당 앞마당에 축제 준비를 하는 젊은이들이 모여 있었다. 밴드 연습이 한창이었고 한복을 입은 몇몇은 춤을 추고 있었다. 음악의 리듬은 하얀 눈발도 춤추게 하는 것 같았다.

나는 그들을 흐뭇하게 지켜보고 있었다. 그때 어떤 사람이 할머니를 한 분 모시고 내게 왔다. 사제에게 축복받고 싶어 하는 할머니라고 했다. 그런데 그 할머니는 나를 보자마자 굳은 얼굴이 되었다. 나를 한번 쭉 훑어보더니 화가 난 목소리로 "외국 신부한테서는 축복받기 싫네" 하고 어깨를 돌리셨다. 가슴이 묵직하게 아팠다. 여러 지역에서 겪었던 일이라 적응할 때가 됐는데도 말이다.

집에 돌아와 십자가 앞에 무릎을 꿇었다. '외국인, 순례 그리고 나의 사람들'에 대해 생각했다. 십자가에 못 박힌 예수상을 보면서 '외국 사람'이라는 단어에 대해 오래 생각했다.

'그렇구나. 나의 얼굴, 눈, 피부색은 한국 사람과 다르구나. 나는 이 땅에서 아직은 '손님'에 불과하구나.'

예수님도 이방인이었다. "주여, 주여. 왜 저를 버리셨습니까?"라고 부르짖을 만큼 자기 자신을 소외시켰다. 십자가에 못 박힌 예수상을 보면서 계속 기도를 드렸다. 예수님의 삶은 십자가 위에서 끝나지 않고 부활하여 빛과 기쁨과 평화의 축제로 승화되었다는 사실을 떠올렸다. 이방인으로서 절대 고독을 안고 십자가에 못 박혔던 그분은 지금 살아 있다. 그의 존재로 우리 인류는 변화하고 있다.

한국에 온 지 얼마 되지 않은 이방인 빈첸조를 '나의 사람'으로 받아주던 이들을 한 사람씩 기억해냈다.

먼저 일주일에 한 번씩 나에게 맛있는 한국 음식을 가져다주는 두 꼬마 형제. 그 아이들의 순수한 눈빛과 귀여운 얼굴을 떠올렸다. 그리고 서투른 한국어 강론에도 나를 따뜻하게 맞아주는 성남 교구의 이웃들을 생각했다. 성남의 이웃들은 정말 '너희는 내가 나그네 되었을 때 따뜻하게 맞이하였다'라는 복음의 말씀처럼 나를 받아주고 형제로 느끼게 해주었다. 그리고 얼마 전 성당에서 만난 청년도 떠올랐다. 그 청년은 모임이 끝나고 나에게 와서 말했다. "말씀하시는 것만 들어도 하느님을 믿는 사람이라는 것이 보여요." 나는 그 말에 "아니요"라고 대답했다. 그리고 덧붙였다.

"내가 하느님을 믿는 것이 아니라 그분이 저를 강하게 믿는 것입니다."

하느님은 이름 모를 해안의 조난자인 나를 구조해주셨다. 내가 지치고 힘들어 바다의 거대한 모험을 선택하는 대신 고요한 항구를 선택했을 때, 그분은 나와 함께 '생명의 배'를 타셨다. 그러고 나서 '빈첸조, 두려워하지 마라! 이번에도 나와 함께 드넓은 바다를 향해 나아가자'라며 힘과 용기를 북돋아주셨다.

나는 그분을 향해 "네, 함께라면 할 수 있을 것입니다"라고 대답했을 뿐이다.

나는 작고 허름한 배의 노를 저어 한국에 왔다. 그분은 나의 작은 배가 정박할 땅으로 이끌었고, 나는 이 땅에서 평생 사랑할 형제자매들을 만나고 있다. 하얀 눈 속에서 춤추는 젊은이들, 그리고 나에게 등을 보이셨던 할머니 모두 내가 사랑해야 할 형제자매들이다. 한국 사람들은 언제쯤 나를 온전히 이 땅의 형제로 받아들여줄까.

나는 그저 두 손을 모았다.

예수님의 목소리를
들었던 순간

 내 사제 인생의 터닝 포인트는 1992년 맑고 화창한 계절
의 어느 날 찾아왔다.

 당시 나는 성남 상대원동과 은행동에서 가난한 이웃들
을 직접 찾아다니며 도움을 주는 '빈민 사목'을 하고 있었
다. 주로 홀로 사시는 할머니 할아버지들, 장애인들의 집을
방문해 도움을 드렸다.

 어느 날, 생활이 어려운 장애인 한 분이 계시다는 것을
알게 되어서 종이에 적힌 주소를 보며 집에 찾아갔다. 도
착한 곳은 아주 오래되고 낡은 집이었다. 어둡고 곰팡내
가득한 지하로 내려가 문을 두드리니 안에서 "들어오세요.
문 열려 있습니다" 하는 목소리가 들렸다. 문을 열고 들어
가니 창문도 없는 어두운 방에 흐릿한 전등 하나만이 보였
다. 너무 어둡고 덥고 냄새가 나서 몇 초 동안 자리에 멍하

니 서 있었다. 그리고 나서 방바닥에 누워 있는 오십대 아저씨를 발견했다.

나는 아저씨 옆에 앉아 살아온 이야기를 듣기 시작했다. 아저씨는 이십대 시절, 사고로 크게 다쳐 하반신이 마비되었고 그때부터 30여 년을 이 지하에서 살고 있다고 했다. 식사는 어떻게 하는지 물었더니 "이웃 사람들이 나를 생각해 음식을 가져다주면 먹고 아니면 굶어요"라고 했다.

30여 년 동안 혼자서 그렇게 살아오셨다고 하니 마음이 너무 아팠다. 어떤 도움이든 드려야겠다고 생각했다.

"아저씨, 무엇을 도와드릴까요?"라고 했더니, 방을 정리해달라고 하셨다. 방에는 화장실이 따로 없었고 요강을 이용하고 있었다. 냄새가 심해 우선 요강부터 닦았다. 방 청소와 설거지를 한 후 다시 바닥에 앉았다. 그때 갑자기 아저씨를 안아주고 싶은 마음이 들었다. 일치감을 전하고 싶었던 것 같다.

"제가 안아드려도 될까요?"

아저씨는 흔쾌히 "네, 신부님, 좋습니다"라고 응했다.

아저씨를 안는 순간 코를 찌르는 독한 냄새에 구역질이 났다. 그런데 놀랍게도 동시에 말로 표현할 수 없는 평화와 기쁨이 내 몸에 스며드는 것 같았다. 시간의 흐름이 더 이상 느껴지지 않는 그 순간, 어떤 음성이 또렷하게 들렸다.

"나다. 두려워하지 마라."

나는 그 목소리가 예수님이 나에게 전하고 싶은 메시지임을 확신했다.

내가 삶 속에서 예수님을 만난 곳은 바로 어둡고 곰팡이 가득한 지하 방이었다. 그분은 그곳에서 나를 기다리고 계셨다. 이웃의 헐벗은 삶은 예수님 옆구리의 상처였다. 예수님은 지하 방의 삶을 통해 그분의 상처를 보여주고 계셨다.

내가 한국에 온 이유는 그 상처를 조건 없는 사랑으로 치유해주기 위해서다. 내 삶을 내놓으며 이웃들의 상처를 내가 품기 위해서다. 버림받은 이들, 가난한 이들, 고독한 노인들, 가정으로부터 도망 나온 청소년들은 부활하신 예수님의 피 흐르는 상처다. 오늘도 변함없이 예수님의 상처를 보듬을 수 있게 해주신 것을 찬미한다.

1993년,
처음 앞치마를 두르다

30년 전에 쓴 글을 찾았다.

귀여운 강아지 세 마리, 조용한 물고기 두 마리,
좋은 신부님 한 명과 솜씨 좋은 요리사 한 명이
성남 성당에 있는 저의 새로운 공동체 구성원입니다.
성남은 서울 근처에 있는 위성도시입니다.
2년 동안의 집중적인 한국어 공부를 끝냈지만 저는
한국어를 익히고 몇천 년의 역사를 가진 한국 문화를
배우기 위해서는 한국 사람들 가운데 살아야 한다는
생각에 4월부터 성남 성당의 식구들과 생활하기
시작했습니다. 더불어 5천 명의 성당 신자들도 만나게
됐습니다. 그동안 함께 지냈던 조반니와 마우로는 떨어져
생활하게 되었고 제가 쉬는 날인 매주 월요일에 충무로에

1993년, 평화의 집을 시작했을 무렵

있는 집에 가서 만납니다.

1992년 9월에 쓴 이 글은 익숙하지 않은 한국어로 당시 상황을 묘사한 것이다. 성남을 서울 근처 위성도시라고 표현했지만, 당시 성남은 도시 느낌이 거의 나지 않았다. 황량한 벌판과 개천이 있었고 가파른 언덕을 올라가면 나무 판자로 만든 집들도 눈에 띄었다. 가난하고 선량한 이웃들이 어렵게 삶을 일구어나가는 곳. 그래서 내가 함께해야 할 곳이란 믿음이 있었다.

빈민 사목을 시작한 것은 당연히 그것이 나의 일이기 때문이었다. 수녀님들과 상대원동, 은행동 등을 돌아다니며 어려운 가정을 살폈다. 병원 가는 일을 돕고 동사무소와 구청에서 받을 수 있는 지원 사업을 연결해주었다.

1993년 초, 본당 신부님이었던 조 요셉 신부님이 나에게 어르신들을 위한 무료 급식소를 맡아보면 어떻겠느냐고 의견을 물었다. 수정구청에서 신흥동 성당에 무료 급식소 위탁 경영을 제안했다는 것이다. 기뻤다. 내가 꿈꾸었던 일이기 때문이었다.

그해 5월, 처음 앞치마를 몸에 둘렀다. 성남시 산성동의 '평화의 집'에서 앞치마의 끈을 단단히 묶고 쌀 포대 앞에서 두 손을 모았다. 기도했다. 가난한 이웃에게 따뜻한 밥을 대접하는 일을 시작하는 마음이 설렜다. 나와 직원 한 명, 둘이 평화의 집을 운영하기 시작했다. 주방 일은 물론이고 청소와 정리정돈, 인근 공단을 돌며 지원을 요청하는 외부 업무도 해냈다. 배고픈 이웃들이 굽은 등과 마른 몸으로 지팡이를 짚으며 평화의 집 문을 열고 들어섰다. 하루 한 끼도 제대로 먹지 못한 어르신도 많았다.

쌀 요리를 좋아하지 않던 내가 쌀을 안치고 밥물을 맞추고 뜸을 들여 고슬고슬한 밥을 지었다. 매운 김치를 넣고 두부를 썰어 넣어 김칫국도 끓였다. 평화의 집 봉사자들이 한국 음식 만드는 법을 적극적으로 가르쳐주었다. 지금 '안나의 집' 오현숙 사무국장이 당시 평화의 집을 이끄는 책임자였다. 봉사를 마치고 함께 나누는 식사를 통해 한국 음식의 맛을 알아갔다.

갓 지은 따끈한 밥을 맛있게 드시는 어르신들, 치아가 좋지 않아 뜨거운 국에 밥을 말아 삼키시던 어르신들, 식사를 마치고 "맛있다, 고맙다" 인사하시던 어르신들의 주름진 손의 온기를 어찌 잊을 수 있을까.

식사 시간에 대화해보니 한글을 못 깨친 분도 꽤 있었다. 그래서 한글 공부방을 열면 좋겠다는 생각이 들었다. 식사를 기다리는 동안 일주일에 세 번, 봉사자가 적극적으로 한글을 가르쳤다. 한글을 깨친 어르신들은 이름을 직접 쓸 수 있게 되었다고 감격하셨다. 또 간판과 버스에 적힌 글자를 읽게 되었다고 좋아하셨다. 내가 한글을 배운 지 3년 정도 된 시점이라서 그 감격이 충분히 이해되었다. 함께 기뻐했다.

배움의 기쁨을 알게 된 어르신들을 위해 다른 공부방을 열었다. 일주일에 한 번, 인문학 교실을 열었다. 그리고 건강을 위해 운동 관련 수업도 열어달라는 요청을 받아들여 댄스 교실도 운영하게 되었다. 어르신들은 종종 내게 함께 춤추자고 손을 내밀었고 나는 흥겨운 한국 음악의 장단에 맞춰 어깨춤을 추었다. 즐거웠다. 이분들과 인생을 선물처럼 사는 법을 함께 누리고 싶었다.

어느 날 할아버지 한 분이 내 턱수염을 손으로 가리키며 무서운 얼굴로 말을 꺼냈다.

"대한민국에는 유교의 전통이 있어 젊은 사람들은 수염을 기르지 않는다네. 수염을 깎아요."

나는 곧장 답을 드렸다. "네, 깎겠습니다."

그날 저녁에 수염을 깎았다. 사실 내심 멋진 수염이라고 생각했고 스스로 수염이 잘 어울린다고 생각하며 지냈다. 그러나 어르신의 의견을 존중하는 한국 문화에서 살아가야 한다면 더 망설일 필요가 없었다. 그 후 지금까지도 수염을 기른 적이 없다.

낮에는 무료 급식소에서 시간을 보내고 밤에는 거리로 나섰다. 노숙하는 사람들이 많다는 것을 알고는 가만히 있을 수 없었다. 새벽 2시에 샌드위치 수십 개를 만들어서 들고 나갔다.

지하철역 근처 지하상가에 모인 노숙인들의 절망의 냄새가 심야의 도시에 퍼져 있었다. 신문지와 낡은 점퍼를 이불 삼아 웅크린 채 잠을 청하는 사람들은 추위와 배고픔과 싸우고 있었다. 낮에는 화려한 불빛으로 사람들을 불러 모았던 상가가 밤이 되면 '누울 곳 없는' 사람들을 위한 피난처가 되었다. 모든 가게들이 셔터를 내린 지하도는 어둡고 샌드위치와 음료수가 들어 있는 배낭은 어깨가 쑤실 정도로 무거웠다. 하지만 노숙인들의 어려움을 생각하면 힘을 내야 했다. 그들에게 허기를 달래줄 샌드위치를 주는 것이 중요했다. 그리고 음식을 건넬 때는 미소를 보여야 한다. 당신의 친구가 되겠다는 마음을 표현하는 것이 미소와 다정한 말투니까. 지하도에 울리는 메아리 같은 내 발소리에 모두들 익숙해져갔다.

이 땅에서 종이 되어 처음으로 섬겼던 성남의 이웃들은 내게 각별한 존재들이다. 더 주지 못해 안타까웠던 젊은 날의 내가 떠오른다. 지금은 어디에 있는지 모를 사람들, 지하상가의 어두운 터널 같은 시간을 지나온 사람들이 환한 세상에서 살기를 기도할 뿐이다. 그리고 더 이상 외롭지 않기를.

사실 무언가를 드렸던 것보다 내가 받은 것이 많다. 성남의 이웃들에게 이런 말을 해주고 싶다.

"여러분들이 먼 곳에서 찾아온 나그네를 '안아주고', 모든 것이 낯설었던 내게 정을 '나눠주고', 가족처럼 '의지가 되어준' 것입니다. 덕분에 제가 순례의 짐을 내려놓고 성남에 뿌리를 내릴 수 있었습니다."

들려드리지
못한 시

평화의 집을 찾아오셨던 어르신들 가운데는 낭만을 잃지 않은, 재능이 특별한 분도 있었다. 낡은 중절모를 쓰고 앞섶 자락에 실밥이 너덜거리는 양복을 입었지만 단정한 모습으로 찾아주시던 할아버지였다. 바쁘게 움직이는 나를 불러 세우더니 곁에 잠깐 앉으라고 했다. 덕분에 한숨 돌릴 짧은 시간을 갖기도 했다.

할아버지는 자신의 시를 읽어주었다. 그때 나는 한국말을 완전히 이해하지 못했지만 할아버지의 자작시 낭송을 들으며 고개를 끄덕였다. 시를 쓰는 마음이 좋았고 그것을 공유하려는 뜻이 고마웠기 때문이다. 일어설 때는 좋은 시를 들려주셔서 감사하다는 인사도 빠뜨리지 않았다. 시 낭송은 몇 개월간 이어졌다.

몇 개월 후 할아버지는 낮은 목소리로 말했다.

"신부님, 신부님이 이 늙은이가 읽어드리는 시를 알아듣지 못한다는 것을 알고 있습니다. 나이가 들어 경제적으로 어렵다보니 나를 찾아오는 이도 없고 갈 곳도 없어요. 외롭고 사람이 그리워 바쁘신 신부님을 귀찮게 했습니다. 그동안 행복했습니다. 감사했습니다. 앞으로는 귀찮게 하지 않겠습니다."

이 말씀에 눈물이 고였다.

할아버지의 마음을 담은 시를 어떻게 알릴 수 있을까 고민하던 차에 마침 평화의 집에서 소식지를 발간하게 되어 이 시들을 매 회 실을 수 있게 되었다. 한국어가 서툰 외국인 신부 혼자 듣고 감상했던 시를 많은 이웃과 함께 감상할 수 있어서 뿌듯했다. 할아버지가 좋아하신 것은 말할 것도 없다.

할아버지에게 전하지 못한 나의 시도 있다. 사실 나도 시를 짓고 있었다. 경이로운 자연 풍경을 보며 내 감정을 담아 쓴 시도 있다. 첫눈을 보며 쓴 시다. 할아버지에게 꼭 들려드리고 싶었다. 아주 먼 곳에 계실지라도 나의 시가 바람처럼 흘러가 닿았으면 좋겠다.

첫눈과 함께 춤추며
내 마음속 환상이 그려내는

아름다운 꿈들,

사랑의 꿈들.

첫눈과 함께 내려오는

기쁨의 순간들,

걱정 없는 순간들.

함께 나누고 싶은 친구들.

내 영혼은

바람에 날리는 첫눈을 따라나선다.

언제나처럼

내 시선의 끝이 머무는

작은 상자들.

그 안에 웅크리고 있는 내 친구들.

장갑 없이 눈 속에서

외투 없이 추위 속에서

떨고 있는 내 친구들.

얼어붙은 아스팔트와 다를 바 없는

슬리퍼를 신은 내 친구들.

허기져도 음식이 없고

담요 없이 지새워야 하는 내 친구들의

첫눈 오는 밤,

첫눈이 적시는

내 친구들의 상자가

나의 눈물로 녹는다.

— 자작시, 「첫눈」

목련마을
영어 선생님

평화의 집의 오후 일정 중 하나는 목련마을에 가는 것이었다. 영구 임대아파트 단지가 있는 목련마을 가는 길에는 메리엔젤 수녀님이 동행했다. 목련마을에 사는 주민의 아들이 영어 공부를 하고 싶어 하는데, 학원비가 없어서 학원에 보낼 수 없다는 안타까운 이야기를 들은 후부터 생긴 일정이었다.

나는 그 아들을 직접 가르쳤다. 아일랜드에서 영어를 공부한 것을 토대로 한국 학생을 가르칠 수 있다는 것에 감사했다. 내가 애써 배운 영어를 또 가르칠 수도 있으니 얼마나 신기한 인생의 순환인가. 사제로서 그때나 지금이나 이웃과 친구가 되어 더불어 사는 것이 중요하다.

기본적인 일상 영어 회화와 문법을 가르쳤다. 그런데 소문이 났는지 영어를 배우고 싶어 하는 학생들이 늘어났다.

도저히 혼자서 가르칠 수 있는 상황이 아니었다. 고심 끝에 지역을 관할하시는 분당동 성당 마르코 주임신부님께 도움을 요청했다. 신부님은 흔쾌히 도와주겠다고 하셨고 성당 청년회에 공부방 봉사를 공지했다. 많은 자원 봉사자가 등장했다.

본격적으로 '나눔 교실' 공부방을 운영하기 시작했다. 학생 수가 점점 많아지자 더 넓은 공간이 필요하게 되었다. 목련마을 복지관 3층을 빌려 오후 5시부터 저녁 9시까지 공부방을 운영했다.

공부방에서는 영어뿐만 아니라 수학, 국어 등 다양한 과목을 가르쳤다. 또 농구 교실, 기타 교실. 영화 감상 교실 등도 운영했다. 혼자 시작한 공부방이 나눔 교실로 발전하면서, 봉사자 40명이 72명의 학생들을 가르치게 되었다. 학생들과 봉사자가 열린 교실에서 어우러져 공부를 가르치고 배우며 끈끈한 유대관계가 형성되었다. 외국인 사제를 낯설어하던 학생들은 나와 친해지면서 엉뚱한 질문도 서슴지 않고 했다. 내가 작은 실수라도 할라치면 거침없이 웃던 맑은 아이들.

그 아이들이 나를 울게도 만들었다.

1996년 무더운 여름, 나눔 교실 학생들이 나를 바라보는 눈빛이 달랐다. 뭔가 설레는 분위기였다. 학부모들도 모두

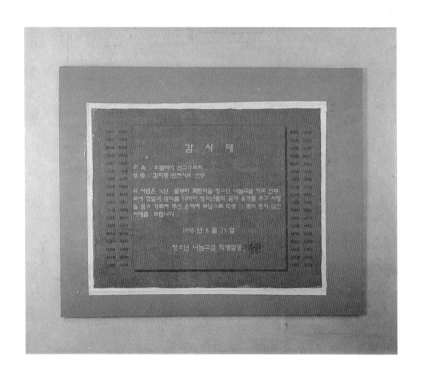

목련마을 나눔 교실 아이들 72명이 주었던 감사패

찾아와주었다. 장난을 치던 모습은 오간 데 없고 반듯하게 앉아 있었다.

잠시 후 학부모 한 분이 내 이름을 불렀다. 감사패를 준비했던 것이다.

"목련마을 청소년 나눔 교실 지도 신부로서 정열과 성의를 다하여 청소년들에게 꿈과 용기를 주고 사랑을 몸소 가르쳐주신 은혜에 대한 보답으로 72명의 뜻이 담긴 이 패를 드립니다."

목련마을 학생들의 이름이 하나하나 새겨져 있는 감사패. 그 이름을 만지며 하염없이 눈물을 흘렸다.

'해맑게 웃던 아이들, 마음 한편에 나에 대한 고마움과 미안함이 자리했구나. 머리를 맞대고 나를 기쁘게 해줄 방법을 오래 생각했구나.'

그 아름다운 마음들이 손끝을 타고 전해졌다. 72명의 이름에는 미래의 꿈과 그 꿈을 이루어주고 싶은 나의 기도가 담겨 있었다. 그저 고맙다며 손을 잡아주시던 학부모의 감사함과 바람도 새겨져 있었다.

학생들은 내 마음을 모두 알고 있었다. 더 넓은 세상으로 나아가지 않으면 안 된다는 내 의지를 공유한 것이다. 우리는 서로 마음을 읽고 있었다.

목련마을 아이들은 지금 어떤 모습으로 살고 있을까. 울고 웃었던 그때의 시간을 기억하고 있을까. 그 시간들은 아이들의 삶에 어떤 빛깔로 남아 있을까.

72명의 얼굴을 떠올려보았다. 이제 모두 중년일 텐데, 목련마을의 꽃처럼 환하게 피어나는 인생을 살고 있었으면 좋겠다. 혹시 힘든 일로 삶의 겨울을 맞고 있더라도 감사패에 적혀 있는 것처럼 꿈과 용기를 잊지 않고 추운 시간을 이겨내주었으면 한다.

선생으로서 내가 가장 가르쳐주고 싶었던 것은 꿈과 용기 그리고 사랑을 잃지 않는 것. 어디에서 살든 이 세 가지를 기억해주기를 바란다.

'안나의 집',
뜨거운 양철지붕 아래에서

  1998년, IMF는 이웃의 생존을 위협했다. 200만 명 가까운 실업자들이 생겨났다. 밤이 찾아와도 귀가할 집이 없는 사람들은 거리를 헤맸다. 나로서는 이웃 걱정으로 기도만 할 뿐이었다. 그러던 중 은인을 만났다. 뷔페를 운영하던 오은용 마태오 사장이 식당 한 층을 노숙인들이 식사하도록 선뜻 내주었다. 식당 근처의 인력시장에 매일 수백 명의 실직자들이 일당을 벌려고 모여드는 모습을 보고 결심했다고 한다. 마음이 아파서 무엇이든 돕겠다는 뜻이었다.

  오사장이 이웃을 돕기 위해 팔을 걷어붙인 데는 이유가 있었다. 한국전쟁 때 임신한 몸으로 피난 와 온갖 고생을 하신 어머니 생각이 나서였다. 어머니는 그런 상황에서도 배고픈 이웃들을 외면하지 않고 먹을거리들을 나누었다고 한다. 오사장은 어머니의 나눔의 삶을 기리고 싶었던 것이

안나의 집이 문을 열었을 당시의 모습

다. 오사장 어머니의 세례명은 '안나'였다. 어머니의 나눔을 이어간다는 의미로 머리를 맞대고 '안나의 집'이란 이름을 지었다. 1998년 7월 7일, 은인들의 도움과 은총 속에서 드디어 안나의 집이 문을 열었다.

시간이 갈수록 하루에 한 끼도 마련할 수 없는 이웃들이 늘어만 갔다. 오사장이 마련해준 곳은 찾아오는 이들을 감당할 수 없을 지경이었다. 그래서 성남동 성당을 찾아갔다. 서 라파엘 신부님은 조립식 부속 건물을 내주었다. 덕분에 1998년 겨울, 안나의 집은 성당 옆 건물로 이사하였다.

식사 준비에 필요한 가스레인지와 주방용품은 중고시장을 뒤져 가장 저렴한 것으로 마련했다. 스무 개 남짓한 기다란 식탁과 의자도 학교의 벤치를 개조하여 재활용했다. 에어컨이나 난방시설은 꿈꿀 수 없었다. 겨울에는 그럭저럭 견딜 만했다. 하지만 한여름에 양철지붕 아래의 가스레인지 앞에서 수백 명을 위한 음식을 만드는 것은 뜨거운 고행이었다.

점심에 빵 등을 나눠주는 다른 급식소는 있었지만, 저녁에 식사를 제공하는 급식소는 드물었다. 그래서 안나의 집은 처음부터 저녁식사를 마련했던 것이다. 오후 4시 30분까지 모든 식사 준비를 끝마쳐야 했다. 한여름이면 가장

초창기 안나의 집 주방에서 요리를 하던 모습

뜨거운 오후에 2구짜리 가스레인지와 싸움을 벌여야 했다. 이보다 더 뜨거울 수 없는 싸움이었다. 건물 안은 찜통 그 자체였다. 나의 준비물은 갈아입을 티셔츠들이었다. 땀이 많이 흘러내려 한두 시간에 한 번씩은 옷을 갈아입어야 했다.

가스레인지가 작아 많은 음식을 한꺼번에 만들 수 없어서 안타까웠다. 몇 번에 걸쳐 밥을 만들고 국을 끓이고 반찬을 만들었다. 조금이라도 불 조절을 잘못하면 냄비 바닥이 타버렸다. 주방 시설뿐만 아니라 수도 시설도 문제였다. 급식용 시설이 아니어서 하수구는 자주 막혔다. 겨울이면 수도관이 얼어서 터졌다. 겨울밤이면 내일 또 수도관이 터지는 것은 아닐까 걱정하며 잠들었다. 버려진 담요와 옷들을 끌어 모아 수도관을 잘 싸매며 무사히 겨울을 나기를 기도하는 수밖에 없었다. 수도, 배수, 가스 관련 시설들이 자주 고장이 나도 기술자를 부를 수는 없었다. 비용이 들기 때문이었다. 내가 연장을 들고 고쳐야 했다. 삽과 곡괭이, 거대한 망치 같은 도구들에 익숙해졌다. 이때 내가 얻은 별명이 있다. 바로 '맥가이버'. 봉사자들이 붙여준 별명이었다. 신부님 힘내시라는 응원도 담겨 있었다. 기술이 좋았다기보다는 내가 하지 않으면 안 되는 절박한 상황이 나를 맥가이버로 만들었다.

무거운 십자가는 또 있었다. 수백 명을 위한 쌀과 반찬 재료들을 구하는 것은 내 능력의 시험대나 다름없었다. 나는 사제복을 벗고 편안한 옷을 입고 운동화를 신었다. 리어카를 끌고 새벽 시장으로 향했다. 상인들에게 팔고 남은 채소가 없는지 물어보았다. 밥을 굶는 분들을 위해 남는 것이 있으면 도와달라고 부탁했다. 내가 리어카를 끌고 누비는 만큼 남은 채소들을 얻을 수 있었다. 나의 사정을 아는 상인들 가운데는 싱싱한 채소를 그냥 주시는 분도 있었다. 배고픈 이웃을 위해 시장을 누비는 외국인 신부에게 힘이 되어준 것이다. 많이 주지 못해 미안해하는 분도 있었다. 어느 때부터 상인들은 팔고 남은 채소를 한곳에 따로 모아주었다. 내가 싣고 가기 편하게 배려해준 것이다. 새벽 시장의 차가운 바람 속에서 한국인의 따뜻한 인정이 무엇인지 깨달았다.

시장만 찾아다닌 것은 아니다. 학교도 직접 찾아갔다. 빈 통을 싣고, 영양사 선생님을 찾았다. 몇 번이나 연습했던 말을 조심스럽게 꺼냈다.

"이탈리아에서 온 김하종 신부입니다. 배고픈 노숙인들에게 식사를 주고 싶습니다. 학생들에게 급식을 주고 남은 반찬들이 있을까요."

영양사 선생님은 외국인 신부의 방문에 놀랐지만 매일

문을 두드리는 나를 이해하고, 여유분이 남은 반찬을 챙겨주었다.

음식을 받을 수 있는 곳이라면 새벽부터 밤까지 어디든 다녔다. 팔고 남은 빵을 받을 수 있는 제과점, 결혼식장의 뷔페, 김장 김치를 나눠주는 절도 찾아갔다. 하느님의 종을 넘어 배고픈 모든 이들의 종이 되려면 부지런히 움직이는 수밖에 없었다.

그런데 빠뜨릴 수 없는 고백을 해야겠다. 열악한 시설과 언제나 부족했던 쌀과 음식도 문제였지만 나 자신도 문제였다.

안나의 집에서 봉사하는 동안 이상한 냄새를 맡은 적이 있다. 강하고 역겨운 냄새였다. 금세 냄새 나는 지점을 알 것 같았다. 길거리에서 구걸하며 하루를 보내는 할아버지에게서 나는 냄새였다. 나는 조심스럽게 다가가 친절하게 말했다.

"옷이 조금 더러운 것 같은데 마침 저한테 새 옷이 한 벌 들어왔어요. 화장실 가서 목욕하시고 깨끗한 옷 입으시면 어떠실까요?"

할아버지는 아무런 말도 하지 않고 묵묵히 나를 따라왔다. 옷 벗는 것을 도와주는 순간 악취가 심해 소름이 끼칠 정도였다. 바지 벗는 것을 도와주다가 깊은 상처를 발견했다. 상처에는 구더기가 있었다. 보는 순간 토할 것 같았다. 더 이상 견디기 힘들어 잠깐 밖에 나가 맑은 공기를 마시고 돌아왔다. 하지만 살 썩는 냄새와 뼈가 보일 정도로 깊이 팬 상처를 보고 더 이상 참기가 힘들어 결국 토하고 말았다. 위장의 모든 것을 토했다. 그러고 나서 근처에 사는 도움을 줄 만한 간호사에게 전화를 했다. 간호사는 비상 의약품을 들고 와 할아버지를 치료해주었다. 상처를 닦아주는 아름다운 손길을 보았다.

부끄러운 고백은 이뿐만이 아니다. 어느 날은 옛날부터 알고 지냈던 노숙인이 술 취한 상태로 찾아왔다. 그의 집은 공원이고 잠자리는 벤치였다. 언젠가 알코올중독자를 위한 시설에 데려다주기도 했던 노숙인이었다. 하지만 그는 도망쳐 나왔다. 다시 추천서를 써서 노숙인을 위한 좋은 시설에 간신히 보냈다. 그러나 또 도망쳐 나왔다. 그는 아무 일 없었던 것처럼 피곤한 눈으로 애걸했다. 화가 났다.

"신부님, 밤에 꽤 추운데 잘 곳이 없어요."

"나 일하고 있는 거 안 보여요? 나 지금 바쁘니까 귀찮게 하지 마세요."

나는 냉정하게 대답했다.

"그렇지만 밤에⋯⋯."

나는 그 말이 끝나기도 전에 등을 돌렸다.

'나는 그에게 할 만큼 했어. 그리고 지금 400명에게 밥을 줘야 해.'

나는 마음을 다잡았다. 차갑게 대해도 된다는 이유를 붙인 것이다.

일을 마치고 잠자리에 들었다. 오늘도 가난한 이웃을 위해 보낸 빠듯한 일과에 대해 주님께 감사드리며 평화롭게 잠이 들었다. 그런데 자는 도중에 추위를 느껴서 잠에서 깼다. 밖에는 천둥 번개가 치고 비가 쏟아졌다. 가슴이 뜨끔했다. 그 노숙인이 떠올랐다.

'지금 그는 비를 맞고 있겠지……'

소름이 돋았다. 양심의 가책이 느껴져 잠이 오지 않았다. 뒤척거렸지만 도저히 잠을 잘 수 없었다. 나는 입으로만 사랑을 이야기하는 보잘것없는 존재라는 절망이 들었다.

'노숙인들의 상처, 얼굴에 침과 밥풀을 묻힌 그들의 얼굴이 언제쯤 부활하신 예수님의 상처로 보일까. 갈등의 시간이 성장의 시간이었다고 말할 수 있는 순간이 올까.'

나는 십자가를 손에 쥐었다. 조건 없는 사랑과 인간의 고통이 만나는 표지, 십자가.

'고통이여 나를 이끌어주소서. 기꺼이 고통을 등에 지겠나니, 안나의 집을 찾아오는 내 형제들의 고통을 짊어질 수

있도록 이끌어주소서.'

안나의 집을 향한 꿈과 나의 고뇌가 십자가처럼 교차했던 밤이었다. 언제까지나 앞치마를 두르고 이웃을 대접하겠다는 자신과의 약속은 더 굳건해졌다.

앞치마를 두르고
10년

2002년, 앞치마를 두르고 이웃과 밥을 나눈 지 10년째 되는 날, 특별한 선물이 배달 오기로 되어 있었다. 더구나 이날은 성목요일이었다. 성목요일은 예수께서 사도들을 새로운 계약의 사제로 세우신 날이다. 예수께서 수건을 허리에 두르고 몸소 제자들의 발을 씻겨주신 날. 그러니 선물 받기에 딱 좋은 날인 것이다.

그 선물은 가스레인지였다. 크고 화력도 센 가스레인지를 얼마나 바랐던가. 이제 많은 음식을 한꺼번에 만들 수 있게 되었다. 불 조절도 쉬우니 냄비 바닥을 태울 일도 없을 것이다. 스스로 장만한 선물이 얼마나 뿌듯하던지.

식사 준비가 수월해졌다. 기분이 좋았다. 그런데 음식을 만들고 있는데 밖이 소란스러웠다. 싸움이 벌어진 것이다. 술에 많이 취한 다섯 사람이 온 힘을 다해 싸우고 있었다.

나무 막대기를 들고 휘젓는 사람도 있었다. 자칫하면 인명 사고로 번질 수 있는 일이었다. 달려가 나무 막대기를 빼앗았다. 밥을 기다리는 다른 노숙인들은 그냥 지켜보기만 했다. 아, 아무도 도와주지 않았다. 다섯 명의 싸움을 말리다가 뺨을 맞았다.

상황이 종료되고 사무실에 들어간 나는 문을 걸어 잠그고 울기 시작했다. 육체적인 아픔 때문만은 아니었다. 맞은 뺨도 벌겠지만 그보다 마음이 새까맣게 타버린 듯했다. 매일 사랑을 주었는데 폭력적인 행동으로 돌아온 것이 상처로 남았다.

서러운 눈물은 정결과 청빈과 순명의 서약을 두려움 섞인 목소리로 고백하던 날을 떠올리게 했다. 사제가 되던 날, 십자가에 못 박힌 예수님은 나의 목을 끌어안고 속삭였다. 부활의 말들이었다. 그날의 무한한 기쁨의 순간을 생각했다. 인류를, 가난한 형제들을 평생 같이할 동반자로 선택했다는 환호로 가득 찼던 날의 환희였다. 울음 끝에 나온 기도는 자연스러웠다.

"나를 써주소서. 나를 받아주소서."

예수님도 친구들과 맛있는 식사를 함께하시고 나서 홀로 다른 곳에 가서 우셨다. 이름만 친구이지 한 명은 그를 배신했고, 또 한 명은 모른 체했고, 나머지는 비겁하게 도망쳤다. 그렇다. 예수님도 성목요일에 쓴 눈물을 흘리셨다.

식당을 정리하고 집으로 돌아와 기도실 십자가 앞에 무릎을 꿇었다. 예수님의 고난을 묵상했다. 예수님은 십자가에 못 박히고 피 흘리고 차가운 시체로 변했다. 하지만 무덤에 묻힌 채로 있지 않고 새로운 힘으로 부활했다. 모든 사람에게 진정한 용서와 무너지지 않을 희망을 선물하며 부활했다. 묵상을 마치니 나를 둘러싼 모든 것이 다르게 보였다. 오늘 흘린 눈물은 어두운 땅에 소중한 씨로 뿌려질 것이다. 새로운 사랑과 평화를 탄생시킬 것이다.

기도를 마치고 방에 돌아왔다. 고향을 떠나 한국에 정착한 순례자가 짐을 풀어놓은 방은 소박했다. 성경책과 공부하는 책들, 세네갈에서 가져온 성모상, 어린 시절 부모님과 찍은 사진, 사제가 되면서 부모님께 받았던 선물, 몇 벌의 옷이 전부다. 내 인생은 가난한 이웃을 위해 내놓았기에 이 정도면 충분했다.

달빛이 스며드는 방에서 앞치마를 두르고 지낸 10년을 돌아보았다. 사제복보다 앞치마가 더 익숙한 삶. 가스레인지와 싱크대 앞이 묵상의 장소였다. 밥을 짓는 일은 절실한 기도였다. 예수님의 상처가 되어버린 길 잃은 형제들을 위한 기도.

나는 약하고 부족하지만 예수님께서 도구로 받아주셨

기에 힘을 낼 수 있었다. 내일은 나 자신을 위해 새로운 선물을 구해야겠다. 앞치마를 새로 구해 낡은 앞치마를 벗어야겠다. 새로운 앞치마를 두르고 내가 해야 할 일들이 머릿속에 떠올랐다.

내 인생의
네 개 기둥

내 삶을 지탱하는 네 개의 기둥이 있다. 이 기둥은 빛이며 목표이고 힘이다.

첫 번째 기둥은 사람이다. 나를 위해 기도하는 형제자매들, 그리고 많은 봉사자들과 후원자들, 교우들이다. 안나의 집을 운영하며 지칠 때가 있다, 그럴 때면 이분들이 나를 위해 기도하며 영적 힘을 보태주신다. 일손이 부족하면 손으로, 시련이 닥쳤을 때는 해결할 방법을 찾아 도움을 주고 위로한다. 안나의 집에서 함께하며 보람을 느끼게 해준다. 이런 내 이웃이야말로 내 삶의 첫 번째 기둥이다.

두 번째 기둥은 기도다. 기도는 예수님과 대화하며 보다 더 깊은 관계를 맺기 위한 것이다. 예수님께서 인도해주시는 대로 편안하게 대화하듯 기도한다. 기도실에서 기도할 때가 많지만 아름다운 자연 속에서 산행이나 산책을 하며 기도할 때도 있다. 한강 공원에서 자전거를 타면서도 기도한다. 기도문을 외우며 하는 기도뿐만 아니라 생활 속에서 매 순간 예수님과 대화하듯 기도하는 것이 힘이 된다. 생일이나 영명축일*이 되면 받고 싶은 선물 목록을 묻는 분들이 있다. 그럴 때마다 답은 항상 같다.

"저에게는 두 가지 선물이 필요합니다. 사랑하는 마음과 기도입니다."

어려움이 생겨도 기도의 힘으로 넘어지지 않을 것이며 힘들어도 사랑의 힘으로 일어설 것이다.

안나의 집을 시작하고 일 년 후쯤 위기가 찾아왔다. 경제적으로 힘들었고 봉사자도 부족했다. 그때의 나의 일과는 아침에 일어나 기도하고 음식 재료를 구하러 다니는 것이었다. 성남의 공단 지역을 다니며 구걸한 셈이었다. 이해하고 도와주는 사람도 있었지만 차가운 냉대를 받기도 했다.

오후에는 식사 준비로 바빴는데, 직원이 한 사람뿐이어서 봉사자가 오시지 않는 날에는 정신이 없었다. 어느 날 식자재도 떨어지고 봉사자도 부족해 너무나 힘이 든 적이 있다. 수도원 기도실에 들어가 예수님 앞에서 소리를 질렀다.

● 가톨릭에서 세례명을 기념하는 날.

"내가 할 수 있는 건 다 했어요. 지금부터 당신이 도와주지 않으면 나도 더 이상 못하겠어요. 나는 내일부터 고향으로 휴가 갈 거고 이곳에 남은 사람들은 당신 자녀들이니까 당신이 알아서 하세요."

무례하게 협박하듯 소리를 쳤다. 다음 날, 고향으로 휴가를 떠날 수 없게 되었다. 기적처럼 쌀 포대가 쌓이고 도움의 손길이 찾아와준 것이다.

예수님은 바쁘셔서 가끔 조용히 드리는 기도는 듣지 못하시는 경우도 있나보다. 무섭게 소리치고 울면서 간절히 기도 드릴 때 들어주시는 것일까. 힘들어서 화내며 협박하는 기도도 하고 간절함이 깃든 기도도 하고 기쁘고 행복할 때도 기도하는 것이 내게는 대화의 기도다.

세 번째 기둥은 성경 말씀 묵상이다. 성경은 세계에서 가장 많이 출판되어 가장 많이 읽힌 책으로, 예수님께서 우리에게 주신 최고의 아름다운 선물이다. 나는 오랫동안 일요일 오후에 성경 말씀을 공부하고 연구하며 묵상한다. 성경을 통하여 예수님의 뜻을 깨닫고 묵상하며 우리에게 주시는 사랑과 은총이 얼마나 크고 깊은지를 알 수 있다. 물질은 나의 것이 아니라는 것, 영생을 살아야 한다는 것을 깨우친다.

네 번째 기둥은 자전거다. 안나의 집에서 쌓인 고민을

자전거 타기로 날릴 때가 많다. 경제적인 문제, 직원들과 관계의 어려움, 이웃의 민원 문제 등 고민이 없을 수 없다.

하루는 몸이 아파 병원에 갔다가 이런 처방을 받았다.

"신부님, 일을 하면서 스트레스를 받는 것은 정상입니다. 다만 스트레스를 해소할 수 있는 방법을 찾으셔야 합니다. 좋아하시는 등산과 자전거 타기를 꾸준히 제대로 하세요."

등산과 자전거 타기를 더 많이 하기로 했다. 주로 일요일에 한강을 달린다. 그러나 성당 생활과 다른 일정 등으로 자전거를 타지 못할 때가 많다. 그러면 주중에 경직된 행동을 할 때가 있다. 확실히 자전거 타는 것이 삶의 만족도를 높이며 건강과 행복에도 영향을 미친다. 아픈 몸과 마음을 직접적으로 치료해주는 방법이기도 하다.

사람과 기도, 성경과 자전거라는 네 개의 기둥이 오늘도 나를 지탱한다.

성탄절을
보내는 법

1993년 성탄절. 한국에 온 지 3년이 지났을 때였다. 성탄절 미사가 끝나자 텅 빈 성당 안은 침묵이 흘렀다. 구유에서 새어나온 빛이 나를 비추고 석고상들은 살아 움직이는 듯하다. 나는 아기 예수를 안은 성모상 앞에서 무릎을 꿇고 성탄절의 의미를 되새겼다.

긴 여행 때문에 기진맥진한 마리아가 태어날 아기를 걱정하며 눈물을 흘린다. 믿음의 서약을 한 요셉은 그 눈물을 사랑스럽게 닦아준다. 석고로 만든 아기 예수님은 나에게 모든 기쁨의 원천은 자기 안에 있다는 사실을 깨닫게 해준다. 구유 곁에는 아기 예수님에게 드릴 귀한 선물을 가져온 동방박사들도 있다. 그리고 멀리서 하느님의 현존을 지켜보고 증언하는 별도 있다.

오늘 집전한 성탄절 미사에서 한국 교우들의 눈부신 얼

굴들을 바라보고 환호했다. 며칠 전에도 고해성사를 하며 하느님의 자비를 찾던 사람들이었다. 그런데 성탄절에는 그 자체로 하느님의 은혜로운 모습으로 앉아 있었다.

한국에서 맞이하는 세 번째 성탄절도 인간적이고 소박했다. 아직 많이 부족한 사제로서 이 땅의 이웃들과 구원의 길을 함께 찾고 있다. 언젠가는 이웃에게 기쁨과 평화로 환하게 빛나는 별이 되어줄 수 있을까. 촛불이 될 수 있을까.

사제가 보내는 성탄절은 경건한 미사와 은총이 깃든 성가, 축복의 인사만이 가득할 것 같지만 사실 그렇지 않을 때가 많다. 성탄절에는 사회로부터 거부당하고 멸시받는 사람들이 더욱 외로운 날이기도 하다. 나는 이들과 함께 걷고 있기에 내버려둘 수 없었다.

2001년 성탄절에는 교도소 철문 앞에 서 있었다. '서울구치소'라고 쓰인 철문 앞에서 수감자를 만나기 위해 마음을 가다듬고 있었다. 교도소 뜰에는 성탄절 장식들로 꾸며진 큰 소나무가 있었다. 두꺼운 코트를 마지막 단추까지 잠근 근무자들의 얼굴은 딱딱하게 굳어 있었다. 여러 서류들을 검사받고 나서야 안으로 들어갈 수 있었다. 면회 대기를 하는 동안 내가 외국인이어서 신기한 눈으로 바라보던 사람이 결국 입을 열었다.

"친구 만나러 오셨어요?"

나는 다정하게 답했다.

"네, 친구 만나러 왔어요."

나의 곱슬머리와 다소 그을린 얼굴을 살피더니 "아랍 사람이죠?"라고 되물었다.

"아니오, 이탈리아 사람입니다."

나는 당황하지 않고 말했다.

"이탈리아 사람이 감옥에 갔혔어요?"

호기심 어린 눈빛으로 묻는 사람에게 나는 초콜릿 보따리를 보여주며 말했다.

"제 한국 친구들을 만나러 왔어요."

그는 혼란스러운 기색으로 "아니, 이탈리아 사람이 감옥에 있는 한국 사람을 왜 찾아와요?"라고 말했고, 나는 반사적으로 "그게 어때서요?"라고 답했다.

내가 만나러 간 친구 장씨는 악한 사람이 아니다. 스물다섯 살이던 장씨는 고아원에서 자랐다. 어머니는 없었고 아버지는 그를 버렸다. 성장한 후에 아버지의 집으로 찾아갔으나 술에 취한 아버지는 폭력을 행사했다. 새어머니는 그를 향해 침을 뱉었다고 한다. 상처받은 그는 이성을 잃었고 그들을 마구 때린 것이다.

면회실은 추웠다. 우리는 마주 앉아 따뜻한 이야기를 주고받았다. 우리 면회를 입회한 직원은 이 모든 대화를 기록하고 있었다. 교도소는 성탄절을 보내기에는 건조한 공간이었지만, 우리는 마음이 통했기에 그곳에서도 따뜻했다.

교도소를 다녀온 뒤 안나의 집에 찾아올 노숙인들을 위해 서둘러 식사 준비를 하고 선물을 마련했다. 대문은 낡아서 망가졌고 당장이라도 무너질 것만 같은 건물이었지만, 손님을 맞기에는 부족함이 없었다. 플라스틱으로 만든 성탄절 트리도 있었다. 자원봉사자 청년들은 함께 식사 준비를 한 뒤 공연을 위해 기타와 드럼을 치며 노래 연습을 하고 있었다. 모두들 어렵게 모은 돈으로 장만한 선물들도 포장했다.

그해 성탄절은 특별했다. 모란디니 교황 대사님이 저녁 식사를 우리와 함께하기로 했기 때문이다. 교황 대사님이 오시는 것은 내 인생 최고의 성탄절 선물인 셈이었다. 예수님이 산타클로스가 되어 내게 주시는 깜짝 선물 같았다.

그 후에도 에밀 폴 체리히 교황 대사님이 성탄절에 안나의 집 청소년들을 두 번 대사관에 초대해주셨다. 선물을 주고, 맛있는 점심 식사도 함께했다.

안나의 집은 가난한 곳이지만 희망과 용서와 조건 없는 사랑이 가득하다. 사회에서 지저분하다고 손가락질받는 나의 형제자매들이 안나의 집에서는 무한한 사랑을 받고 있다. 이곳에서만은 모두 존귀한 하느님의 아들딸이다. 안나의 집은 매일매일 성탄의 신비가 드러나는 이 시대의 구유다.

2002년 성탄절에는 홀로 버려진 결핵 환자 청년인 재원이*를 찾아갔다. 재원이는 가출 청소년들을 상담하다가 만난 친구였다. 열아홉 살 재원에게는 삶보다 죽음이 더 가까이 있었다.

'김하종 신부님, 12월 25일 제 생일이라는 것 잊어버리시면 안 돼요. 재원이가.'

성탄절 전날에 이런 문자메시지를 받았다. 잊을 리가 없다. 재원이에 대한 많은 추억이 떠올랐다. 심각한 폐결핵 때문에 14개월 동안 입원해야 했던 재원이. 175센티미터 키에 42킬로그램의 몸무게는 그의 상태가 얼마나 심각한지 알려주었다. 결핵 환자를 수용하고 있는 국가 요양소로 가는 버스에 올라탔다.

재원이는 태어나자마자 고아원에 버려졌다. 2700명이 함께 지내는 큰 시설이었지만, 한 명 한 명 보살피기에는 자

---

* 본문에 등장하는 청소년들과 청년들의 이름은 모두 가명이다.

원이 부족했다. 중학교 2학년이 되던 해 재원이는 결국 고아원을 도망쳤다. 경찰서의 실종자 리스트에 올랐지만 막상 재원이를 찾으려는 사람은 한 명도 없었다. 그때부터 길거리가 재원이의 집이 돼버렸다. 지하철역에서 잠을 청했다.

"구걸해서 하루에 6만 원 벌 때도 있었어요. 그런데요, 다 기술이 필요해요. 사람들은 돈을 그냥 주진 않아요. 동정심을 느끼게 만들어야 돼요. 머리에 모자 푹 눌러쓰고 왠지 슬퍼 보이게. 더럽고 구멍 나기 직전의 바지를 입어야 제가 버림받았다고 생각해 돈을 줘요. 큰 잠바 입으면 더 말라 보이고 영양실조 걸린 것 같아 보여요. 사람들은 불쌍해서 지갑을 꺼내죠."

재원이의 구걸 이야기를 듣고 있으면 가슴이 아팠다.

"재원아, 그런데 생일이 어떻게 12월 25일이지?"

궁금해서 물었다.

"버려진 저를 발견한 수녀님들이 제 생일을 알 수 없어서 예수님이 탄생하신 날에 호적에 올리기로 결정하셨대요."

재원이는 아무렇지 않은 듯 대답했다. 그리고 이어서 자랑하듯 속삭였다.

"그래도 저 엄마 있어요. 어느 날 밤, 잠들 즈음에 어떤 사람이 저를 안고서는 따뜻하게 쓰다듬어주셨어요. 어두워서 얼굴은 못 봤지만 분명히 어머니였을 거예요."

재원이가 어머니를 그리워하는 마음이 전달되었다.

버스 종점이다. 한 손에는 생일 케이크, 다른 한 손에는 스웨터 선물 포장을 들고 재원이를 만나러 간다. 산소마스크와 정맥주사를 꽂은 채로 누워 있는 내 어린 친구를 바라보았다. 창백한 얼굴의 다른 환자들도 같이 누워 있었다. 그들과 생일 파티를 함께했다. 특별한 성탄절이었다.

그분께서 나에게 구유에 눕힐 아기 예수님을 건네주시면, 나는 그분에게 내 친구 재원이를 건네줄 것이다. 그해의 성탄절은 재원이 삶의 마지막 성탄절이었다. 안타깝게도 재원이는 입원과 퇴원을 반복하다 세상을 떠났다.

리어카,
홀로서기의 시작

1998년, 미사를 끝내고 자전거를 타고 돌아오는데 멀리서 누군가 나를 불렀다.

"김하종 신부님, 신부님."

폐지를 수거하며 생활하는 노숙인 두 사람이 반갑게 소리쳤다. 한 사람이 리어카를 앞에서 끌고 한 사람은 뒤에서 밀며 다가왔다. 얼굴에 웃음이 가득했다.

"신부님이 마련해준 이 리어카 정말 끝내줍니다. 너무 가벼워서 바퀴가 혼자서 굴러가는 것 같아요. 드디어 저희가 일해서 돈을 조금이나마 벌 수 있게 됐어요. 고맙습니다."

두 사람의 눈빛이 빛나는 걸 보았다. 노숙인들의 눈빛을 반짝이게 하는 게 무엇일까. 나는 그것을 열심히 찾아 헤맸다. 밥만 해결해서 될 일은 아니었다. 삶의 뿌리를 잃은 이들이기 때문이다. 뿌리를 내리고 지탱할 수 있도록 해주고 싶었다. 리어카 한 대로도 뿌리를 내릴 수 있다는 것을 안다.

사람들은 안나의 집을 무료 급식소라고 알고들 있다. 물론 급식을 한다. 그러나 안나의 집은 조립식 건물일 때부터 밥을 나누는 것 외에도 직업 상담을 꾸준히 해왔다. 2012년에는 후원자의 도움으로 노숙인들이 직접 일할 수 있는 작업장 문도 열었다. '리스타트 자활 사업단'이었다. 이곳에서 종이봉투 등을 만드는 작업을 했고, 꾸준히 일하면 한 달에 180만 원 정도를 벌 수 있었다. 2017년부터 정부 지원을 받으며 더 새롭게 발전했다. 노숙인 등의 복지 및 자립 지원에 관한 법률 제13조와 경기도 노숙인 리스타트 운영지침에 근거해 착실히 운영되고 있다. 고맙게도 성남시에서는 노숙인의 자립을 돕기 위해 운영비를 지원해주고 있다. 주민등록 말소 복원, 신용 회복과 파산 면책 신청 그리고 자격증 취득도 지원한다.

꿈이 화가인 한 일용직 노동자는 일거리를 잃고 길거리를 전전하다가 재활을 꿈꾸며 안나의 집에 들어왔다. 주거가 안정되자 길가에 버려진 종이 상자를 캔버스 삼아 그림을 그렸다. 길거리 풍경이 캔버스 위의 작품으로 탄생했다. 이 작품을 구매하는 사람이 생겼다. 화가의 꿈을 이루게 된 것이다. 또한 식사를 하러 왔다가 감사한 마음을 갚겠다는 마음으로 청소하던 노숙인은 아예 안나의 집 정직원으로 들어왔다. 요한으로 불리는 이 직원은 그 성실함으로 성남시에서 상도 받았다. 이후 노숙인들에게 더욱 헌신하는 인생을 살고 있다. 소중한 자신을 되찾고 다른 이웃을 돌보게 된 것이다.

몸과 마음을 추스르고 세상 밖으로 나아가는 두 번째 인생을 열 수 있는 곳, 세상 밖으로 나가는 것에 대한 두려움을 버리고 발걸음을 한 발 내딛는 곳, 삶이 허무하게 버려지지 않도록 도와주는 곳이 안나의 집이다.

가장 보잘것없는 사람에게 해주는 것이 곧 나에게 해주는 것이다.
— 마태복음 25장 40절

안나의 집을 운영하며 강조했던 성경 말씀이다.

예수님도 외딴 곳에서 버림받고 입을 옷 한 벌 제대로 갖추지 못한 채 태어나셨다. 부활 후에도 예수님의 부활을 믿지 못한 제자 토마스가 "나는 그분의 손에 있는 못 자국을 직접 보고, 그 못 자국에 내 손가락을 넣어보고, 또 그분의 옆구리에 내 손을 넣어보지 않고는 결코 믿지 못하겠다"라고 말했다. 부활 여드레 뒤에 제자들이 다시 모였다.

노숙인들에게 도시락을
나눠 드릴 때마다 건네는 사랑의 인사

토마스도 함께 있었는데, 예수님께서 가운데 서시며 "평화가 너희와 함께!" 하고 축복하였다. 그러고는 토마스에게 "네 손을 내 옆구리에 넣어보아라. 그리고 의심을 버리고 믿어라"라고 말씀하셨다.

우리는 부활하신 예수님의 상처를 어디서 발견할 수 있을까. 버림받은 이들, 노숙인들, 가난한 이들, 고독한 노인들, 그리고 길거리 청소년들에게서 발견할 수 있다. 이들이 바로 부활하신 예수님의 상처들이다. 안나의 집은 예수님의 상처를 통해 그분께서 살아 계심을 믿고 기뻐하는 곳이다. 고통받는 사람을 만날 때에는 예수님의 고통을 느낀다. 그 상처를 따뜻한 마음으로 보살펴주는 것이 예수님의 상처를 감싸는 것이다.

안나의 집 기록을 살펴보니 1998년부터 2020년까지 약 248만 명의 어려운 이웃들이 식사했고 내과 치료를 받은 사람은 2만 905명, 정신과 치료는 6345명, 직업 상담은 5454명, 법률 상담은 707명, 이미용 봉사를 받은 사람들은 모두 3만 6912명이나 된다.

이뿐만이 아니다. 인문학 강좌를 듣고 정신의 허기를 채우기도 하고 노숙인 합창단에 참여해 희망의 노래를 부르기도 한다. 노숙인 합창단은 공연할 때 나비넥타이를 맨 근사한 모습으로 힘차게 목소리를 높여 노래를 부른다.

후원자들과 봉사자들이 모아준 기적은 더욱 놀랍다. 2011년 9월 2일에는 전국 최초로 100만 명, 2018년 4월 24일에는 200만 명의 가난한 이웃들이 식사를 했다. 모두 봉사자와 후원자 분들 덕분이다. 200만 번의 배고픔과 허기를 기적처럼 해결한 것이다.

인간의 영혼 깊은 곳에는 고귀한 땅이 자리하고 있다. 노숙인들 마음 깊은 곳에도 깨끗하고 온전한 마음밭이 자리하고 있다고 믿는다. 사랑으로 그 마음밭에 새싹을 돋우고 싶다.

나와 봉사자들은 식사를 제공할 때 언제나 노숙인들 앞에 나아가 허리 굽혀 공손히 인사한다.

"안녕하십니까."

그리고 진심으로 사랑한다는 마음이 전해지기를 바라면서 머리 위로 두 팔을 올려 하트 모양을 만들며 외친다.

"사랑합니다."

안나의 집에 찾아오는 노숙인들은 그저 불쌍한 존재가 아니다. 건강하든 건강하지 않든 가진 것이 많든 적든 하늘 아래 같은 인간이다. 나는 그들이 잘 살아갈 수 있도록 '안아주고 나눠주고 의지가 되어주는 집'을 지킬 것이다. 이곳을 밤낮으로 지키는 문지기이고 가난한 이들의 충성된 종이니까.

세 가지 일들의
평화

사람들이 짐작하는 것처럼 선교사의 삶은 행복하고 아름답다. 꼭 거창하고 위대한 사명 때문이 아니다.

나의 하루는 새벽 5시에 시작된다. 농부의 피가 흐르고 있어서 그런지 일어나는 시간이 빠르다. 일어나 기도하고 성경 공부를 하고, 안나의 집과 관련된 일을 한다. 그리고 집을 나서면 제일 먼저 청소년들이 머물고 있는 쉼터를 돌아보고, 10시에 안나의 집에 도착한다. 오전 내내 식자재를 구하고 정리하며 식사 준비 작업을 한다. 오후에는 노숙인들에게 밥을 드리고 설거지를 한다. 뒷정리를 마치고 직원들과 여러 가지를 의논한 후 오블라띠 선교 수도회 신부님들과 함께 지내고 있는 집에 돌아오면 늦은 저녁이다.

저녁에 나와 통화하는 사람들은 갈라진 내 목소리를 듣고 곧잘 "신부님, 어디 아프세요?"라고 묻는다. 아픈 것은 아니지만 피곤하다. 저녁이면 쓰러질 것처럼 기운이 없다. 월요일부터 토요일까지 전쟁 같은 하루하루를 보내고 나면 일요일 아침은 일어나기 힘들 정도다.

고단한 하루하루를 보내는 셈이다. 그러나 이러한 일상 속에서도 세 가지의 일은 빠뜨리지 않는다. 이 세 가지 일을 통해서 다시 기운을 얻고 행복과 평화를 찾는다. 아주 단순하지만 정말 중요한 일이다.

첫째, 봉사자들과 함께하는 일이다. 봉사자들과 같은 자리에 서서 땀을 흘린다. 힘든 일을 한 뒤 다리가 붓는 것을 봉사자들과 똑같이 느낀다. 안나의 집 이곳저곳을 고치느라 손이 더러워지고 주방에서 요리하느라 양념투성이가 되는 것을 두려워하지 않는다. 이웃의 짐을 나눠 드는 것은 쉽지 않지만 행복한 일이다. 봉사자들 곁에서 일하고 저녁이 되어 헤어질 때 한 사람 한 사람에게 다정한 인사말을 건넨다.

"고맙습니다. 형제님. 고맙습니다. 자매님."

둘째는 묵상이다. 밤늦게 오블라띠 수도원이 마련해준 집으로 돌아와 하루를 정리한다. 지나온 하루 동안 예수님께서 내게 베풀어주신 엄청난 선물들을 헤아린다. 하루도 빼놓지 않고 성경을 공부하며 그 뜻을 헤아려보는 일상이 충만함을 안겨준다.

셋째는 기도다. 매 순간 그분께 마음으로 속삭인다.

"오늘 나를 만난 친구를 통해 주님, 당신을 찬미합니다. 제게 도움을 주신 주님, 당신을 찬미합니다. 제가 돌보는 아이들이 무탈한 것에 대해 당신을 찬미합니다. 기대하지도 않았던 양식들을 주심에 당신을 찬미합니다."

기도하는 시간은 아름답다. 사제로서 나는 공부만 하는 것도 아니고 열광적인 믿음으로만 사는 것도 아니다. 봉사와 묵상 그리고 기도, 매일매일 하는 이 세 가지가 나의 하루를 채운다. 이 세 가지가 반복되는 과정에서 견고해진 일상이 연약한 나를 강하고 담대하게 만든다. 그분을 닮아갔으면 좋겠다.

영혼을
고이 싸매드리며

한 노숙인이 내게 명함을 달라고 했다. 한눈에 봐도 얼굴색이 좋지 않고, 다리도 꽤 부어 있었다. 왜 명함이 필요하냐고 물었다.

"제게 혹시나 무슨 안 좋은 일이 생기면 연락할 사람이 없어서 그래요, 신부님."

걱정하는 그에게 명함을 건네며 위로했다.

"아무 일 없을 겁니다. 건강하셔야죠."

종종 경찰서에서 걸려온 전화를 받는다. 경찰서라는 말을 들으면 가슴이 내려앉고 또 무슨 일이 생겼구나 하고 걱정된다. 그리고 예감은 대부분 맞는다.

스무 해 전, 성탄절 아침에 경찰서에서 걸려온 전화를 받은 일이 생각난다.

"김하종 신부님이시죠? 병원으로 오시겠어요? 노숙인

한 분이 길에서 동사한 채 발견됐습니다. 지갑에 신부님 명함이 있었습니다. 연락할 가족이나 친구는 없는 것 같아요."

아픈 가슴을 부여잡고 병원으로 향했다. 얼굴을 덮고 있던 천을 내리고 얼굴을 확인했다.

"네, 제가 아는 분입니다."

그냥 아는 정도가 아니라 잘 아는 얼굴이었다. 안나의 집에 자주 찾아왔었다. 며칠 전에 함께 나눈 대화가 생생하게 떠올랐다. 취해 있는 그에게 말을 붙였다.

"술을 왜 이렇게 많이 드세요. 몸에 안 좋다는 것 모르세요? 간이 망가질 대로 망가졌을 것 같아요."

"신부님, 지금보다 더 망가질 수 있겠습니까. 살거나 죽거나 그게 그거예요. 죽으면 오히려 저한테는 해방이에요. 신부님은 고독한 게 뭔지 잘 아시죠. 모든 사람들에게 거부당하는 것, 사랑받지 못하는 것. 저같이 실패한 인생에게는 친구라고는 술 한 병뿐이에요. 이 술 한 병은 몸이라도 따뜻하게 해주잖아요."

영안실에서 만난 그와 나 사이에는 얼어붙은 침묵만 있었지만, 절규와 같은 그의 목소리가 들려오는 듯했다. 얼굴을 확인한 후 몇 가지 서류에 사인을 했다. 그리고 함께 밥을 나누었던 그를 위해 마지막 기도를 했다. 그 친구 곁에는 아무도 없다. 병원 문을 나서는데 계속 눈물이 흘렀다.

그날 나는 구청과 경찰서에 간곡히 부탁했다. 세상을 떠난 노숙인을 발견하면 안나의 집으로 바로 연락해달라고. 그때부터 성남 거리에서 누군가 세상을 떠나면 장례는 나와 안나의 집 직원이 치른다. 화장하는 곳까지 동행하면서 안식을 기원한다. 고통과 외로움이 조용히 사라지는 것을 지켜보며 영혼을 고이 싸매드린다.

안나의 집에서는 1998년부터 위령성월*인 11월 2일에 '노숙인 위령제'를 지내고 있다. 세상을 떠나는 순간까지도 삶이 버거운 짐 같았을 내 거리의 친구들. 모든 것을 내려놓고 힘든 기억을 지우고, 참된 평화 속에서 쉼을 얻기를 기도한다. 이제 영혼만은 긴 안식 속에 놓여 있기를 기도한다.

고단한 생을 마치고 당신의 품으로 돌아온 자녀들을 그분은 품어줄 것이다. 이름을 불러주고 고통과 애통함이 모두 지나갔다고 위로해줄 것이다. 눈물을 닦아주는 그 손길을 믿는다.

● 가톨릭에서 죽은 이의 영혼을 생각하고 위로하는 달.

잊을 수 없는 곳의
기도들

한국 땅을 밟은 후 사제로서 여러 일을 했지만, 미사를 집전하는 소명 역시 소홀히 하지 않았다. 시간이 흐른 지금까지도 잊을 수 없는 기도들이 떠오른다.

1994년 성남은 지금과 달리 외국인이 별로 눈에 띄지 않았다. 어린이들은 나를 보면 반가워하면서도 놀라워했다. 손가락으로 가리키며 "미국인, 미국인" 하며 쫓아다녔다. 그런 시절에 필리핀 사람들을 만났다.

"우리 동네에는 필리핀 사람 다섯 명이 같이 살고 있는데 한국말을 못 해서 지역에서 소외되어 있어요. 신부님이 방문해주실 수 있을까요"라는 이웃의 청이 있어서 찾아갔다.

필리핀 사람들은 햇빛이 거의 들지 않는 어둡고 비좁은 지하 방에서 다섯 명이 함께 살고 있었다. 일종의 공장 숙소였다. 바로 옆에 있는 공장에서 금속 시곗줄을 제조하고 있었다. 필리핀 사람들은 근처 여러 곳에서 더 많은 사람들이 자신들처럼 살아가고 있다고 알려주었다.

일요일 오후마다 필리핀 사람들을 찾아가 이야기를 나누었다. 그들은 한국말은 못 하지만 영어를 잘했기에 편하게 대화할 수 있었다.

"신부님, 필리핀 사람들은 대부분 가톨릭 신자인데 언어 때문에 한국 성당에서 미사 드리는 데 어려움이 있습니다. 그러니 저희를 위해서 미사를 집전해주실 수 있으실까요?"

나는 흔쾌히 응했다.

"당연히 할 수 있습니다. 하겠습니다."

그때부터 성남동 성당에서 일요일 오후 2시에는 필리핀 사람들을 위한 미사를 집전하게 됐다. 그런데 미사를 보러 온 필리핀 사람들이 모두 영어에 능숙한 것은 아니었다. 나는 한국말은 물론 영어를 몰라 어려워하는 사람들을 위해 필리핀어인 '타갈로그어'를 배우기 시작했다. 내 인생의 네 번째 외국어 도전이었다. 사랑에는 상상을 뛰어넘는 힘이 작동한다. 불가능해 보이는 것도 가능하게 만든다. 타갈로그어 미사의 말씀들을 열심히 외우다보니 타갈로그어로 미사를 집전하는 날이 찾아왔다. 타갈로그어가 성당 안을 채우자, 필리핀 사람들의 얼굴에 그동안 보지 못했던 평온

함이 번져갔다.

필리핀 사람들이 가난한 외국인 노동자가 아니라 한국 사회의 일원으로 정착할 수 있도록 돕고 싶었다. 내가 외국인으로서 느꼈던 외로움과 문화의 차이에서 오는 어려움을 잘 알기 때문에 더욱 돕고 싶었다. 마침 이탈리아에서 오신 신부님이 계셔서, 이와 관련된 모든 활동을 위임했다. 새로 오신 신부님은 체계적으로 활동을 이어갔다.

1996년 잊을 수 없는 기도를 드렸던 곳이 있다. 삼성의료원 원목실이다. 담당 원목 신부님이 이탈리아로 잠깐 떠나서 대신 활동하게 되었다.

일주일에 세 번, 환자분들을 만나기 위해 병원을 찾았다. 병원에서의 사목 활동은 체력적으로 힘들기보다는 환자의 투병을 지켜보는 마음이 더 힘들 때가 많다. 가장 견디기 힘든 것은 8층에 올라가야 할 때였다.

"8층에 가셔야 합니다."

이 말을 들을 때마다 내 심장은 얼어붙는 것 같았다. 8층은 어린이 암센터로 갓난아기부터 유아들이 암과 싸우고 있었다. 더 이상 주삿바늘을 꽂을 곳이 없어 머리에 주삿바늘을 꽂고 있는 아이들도 있었다. 작고 여린 아이들이 생명의 불꽃을 일으키기 위해서 사투를 벌이고 있었다. 삼성의료원 환자들에게 믿음을 통해 희망을 주고 싶다는 생각으로 기쁘게 원목 활동을 자처했지만, 8층에 갈 때마다 마음이 아팠다. 아이들 부모의 손을 잡으며 신의 보살핌을 간구하는 것, 그것이 내가 해드릴 수 있는 전부였다. 하루는 아이들을 만나고 돌아와 기도실 십자가 앞에 무릎을 꿇은 채, 예수님의 존재에 대한 믿음이 흔들린다고 고백한 적도 있다. 내 능력과 지혜를 의심했다. 언제쯤 상심한 이웃들의 상처를 싸매주는 신부가 될 수 있을까. 사제가 되고 10년쯤 됐던 그 당시, 아이들을 품에 안고 삶과 죽음의 경계에서 고통받던 부모들의 고난을 달래줄 수 있는 방법이 잘 찾아지지 않았다.

나만 많은 기도를 드렸던 것은 아니다. 어느 토요일 오후, 평소 마음이 통했던 초등학생 정묵이와 함께 성당 계단에 앉아 있었다. 정묵이의 귀여운 볼이 붉게 상기되어 있었다.

"오늘 신부님을 위해 기도드렸어요."

"정말? 왜 나를 위해서 기도했어?"

"신부님은 예수님을 사랑하셔서 모든 것을 버리고 한국에 왔는데, 지금 여기에 가족도 친구도 없고 우리말도 잘 못하시잖아요. 그래서 하느님께 신부님을 도와달라고 기도드렸어요."

순간 가슴이 울컥했다.

정묵이는 한국에 온 지 얼마 되지 않아 모든 것이 서툴렀던 나를 위해 기도한 것이다. 한없이 작아진 내 마음을 알고 있었나보다. 내 복잡한 마음을 기도로 달래주는 선물이었다. 예수님이 정묵이의 맑은 얼굴로 나타나 잘해내고 있다고 용기를 주는 것 같았다.

마음을 모으고 두 손으로 비는 기도들. 기도는 가진 것이 없는 내가 이 땅의 형제자매들을 사랑하는 방법이다. 숨이 다하는 순간까지 무릎을 꿇고 고개를 숙이고 두 손을 모을 것이다.

오늘도 나는 정결한 몸과 마음으로 기도한다.

나는 자랑스러운
학부모

안나의 집은 노숙인의 터전만은 아니다. 청소년들의 공간이기도 하다. 안나의 집이 운영하는 공동생활 가정에 첫 번째로 들어온 소년 정우는 내게 소중한 친구이자 아들이다. 정우는 내게 문자메시지를 보낼 때 언제나 '아버지'라고 먼저 부른다.

2019년 1월 1일에 정우가 보낸 메시지를 받았다.

"아버지, 엄마를 만날 수 있으면 좋겠어요."

정우는 갓난아이 때 수녀님들이 운영하는 고아원 앞에 버려졌다. 정우는 오랫동안 고아원에서 살았다. 나는 지하도에서 샌드위치를 나눠주다가 정우를 만났다. 허겁지겁 샌드위치를 먹는 정우에게 물었다.

"집은 어디니? 늦었는데 집에 안 가니?"

"집도 부모님도 없어요."

"잠은 어디에서 자니?"

"지하도에서 자고 길에서도 자요."

아직 어린 정우를 당장 안나의 집 식구로 받아들였다. 그때부터 정우는 나를 아버지라고 불렀다. 정우는 안나의 집에서 어른으로 성장했다. 나는 정우가 씩씩하게 사는 모습을 보며 자신이 버려졌다는 비극을 많이 극복했다고 생각했다. 하지만 정우의 마음속에는 늘 엄마에 대한 그리움이 있었다.

정우가 보낸, '엄마를 보고 싶어 하는' 메시지에 답을 쓰려다가 멈췄다. 정우의 간절한 소망에 응답하기에는 내 존재가 너무 작았다. 그래서 기도했다. 나에게 영원한 아이일 정우의 소망이 이루어질 수 있기를 바랐다.

안나의 집 공동생활 가정은 소년들을 위해 운영했다. 1998년, 노숙인들에게 샌드위치를 나눠 주기 위해 성남의 지하상가를 찾았을 때 십대 소년들을 만났다. 소년들은 늘 배가 고프다고 했다. 그래서 배고프면 언제든지 안나의 집으로 오라고 권유했다.

소년들은 그 후로 안나의 집에 들러 밥을 먹었다. 식사 후에는 어디론가 사라졌다. 잘 가, 라는 인사를 채 마치기도 전에 뒤돌아섰다. 다시 춥고 위험한 거리로 돌아가는 것이다. 안전한 곳에서 재우고 싶었다. 그러나 그때 안나의 집에는 재울 공간이 없었다. 아이들을 이대로 내버려둘 것인가.

성남동 성당을 찾아가 사정을 이야기했다. 고맙게도 성당에서 방을 마련해주었다. 더 이상 소년들이 길에서 자지 않아도 되었다. 길 위를 방황하던 소년들이 보호받고 잠을 청할 수 있는 공간은 이렇게 시작되었다. 안나의 집 공동생활 가정('쉼터'라고 부른다)의 출발이었다.

그 후 쉼터는 점차 발전했다. 처음 1998년~2003년에는 청소년 대피소였다. 식사, 교육, 상담, 의료 지원을 실시했다. 2003년~2005년은 직업자활 교육도 시작했다. 2005년에는 공동생활 가정을 설립했다. 2006년에는 성남 청소년 단기 쉼터를, 2011년에는 성남 청소년 중장기 쉼터를 설립했다. 2015년부터는 '아지트(아이들을 지켜주는 트럭)' 활동을 시작했다. 그리고 2019년에는 청소년 자립 지원관을 만들었다.

소년들에게 가장 필요한 것은 안전한 장소와 따뜻한 환영, 순수한 사랑이다. 아침마다 소년들과 따뜻한 인사를 나눈다. 당연히 학부모의 역할도 한다. 지금은 쉼터마다 아이들을 돌보는 담당 복지사 선생님이 있지만 처음에는 내가 아버지의 역할을 도맡아 했다. 아이들이 학교에서 문제를 일으키면 담임선생님을 찾아가 상담했고 아이들이 원하는 것을 배울 수 있도록 학원도 알아봤다. 재능 기부로 가르쳐줄 과외 선생님을 찾아 연결해주기도 했다.

쉼터를 운영하며 소년들이 중고등학교 검정고시에 합격한 것만으로도 기뻤다. 지금은 대학에도 많이 합격한다. 학부모의 마음으로 이보다 더 기쁠 수는 없다. 우리 아이들 여섯 명이 대학에 합격하기도 했다. 당당하게 홀로서기 할 수 있는 학과를 지원해서 더욱 흐뭇했다. 계원예대 순수미술과, 대림대 사회복지학과, 동국대 사회복지학과, 동서울대 호텔관광경영학과, 인하대 에너지자원공학과, 동서울대 컴퓨터정보보안과에 합격한 것이다.

여기에서 끝이 아니다. 중학생이 되어 10센티미터 넘게 훌쩍 큰 민성이와 현우는 학업 우수 장학생으로, 재욱이는 품행 우수 장학생으로 선정됐다. 또 은우는 교내 창의력 대회에서 동상을, 민철이는 자립상을, 재윤이는 봉사상을 받아와 내게 자랑했다. 세상 누구보다 기특한 아이들이다.

어떻게 이런 기적이 일어날 수 있을까. 아이들의 '자존감'이 높아졌기 때문이라고 생각한다. 아이들은 가정에 문제가 있어 가출한 경우가 대부분이다. 무엇보다 마음의 상처를 다독여주는 게 중요하다. 내가 아버지의 역할을 하고 쉼터를 이끄는 사회복지사들과 재능 기부해주는 자원봉사자들이 이모, 삼촌의 역할을 해준다. 정말 가족 같다. 소년들의 상처가 아물면서 스스로 재능을 꽃피우고 있다.

2005년, 어느 토요일. 외출하는 쉼터의 소년들과 마주쳤다. 반바지에 운동화, 가벼운 차림이었다.

"너희 어디 가니?"

"탄천 쪽으로 같이 뛰러 갑니다."

"운동하는 거 좋아하니?"

"그럼요. 아주 좋아해요."

"그래? 그럼 같이 하면 어때?"

"같이 하면 더 좋죠. 너무 좋아요."

안나의 집 봉사자 가운데 마라톤 선수도 있었다. 나는 그 선수에게 따로 부탁했다.

"소년들이 뛰는 것에 관심이 있는데, 제대로 안전하게 뛸 수 있도록 함께해주실 수 있을까요?"

그분은 나의 부탁에 흔쾌히 응하셨다. 덕분에 매주 토요일에 두 시간씩 뛰는 '안나의 집 마라톤팀'이 생겨났다. 꾸준히 훈련하면서 마라톤 대회에도 몇 번 참가했다. 한 번은 수상도 해 함께 기쁨을 나누기도 했다.

마라톤팀을 지켜보던 쉼터의 다른 소년들이 내게 건의했다.

"신부님, 저희는 뛰는 건 너무 힘들어서 어렵고, 다른 운동을 하고 싶어요."

"그렇다면 등산은 어때?"

"오, 괜찮을 것 같아요. 해보고 싶어요."

또 새로운 길이 열리는 순간이었다. 마침 안나의 집에는 히말라야까지 등반하신 분이 봉사하고 있었다.

"선생님, 저희 아이들이 등산하고 싶어 하는데 혹시 도와주실 수 있을까요?"

이분도 흔쾌히 나서주셔서 '안나의 집 등산팀'이 탄생했다. 그분과 함께 소년들은 한 달에 두 번씩 가까운 산을 올랐다. 등산하는 법을 제대로 배울 수 있었고, 등산을 마치고 나면 그분은 소년들을 위해 맛있는 식사를 사주기도 했다. 이 또한 크나큰 즐거움이었다. 나도 동행할 때도 있었는데 식사하면서 나누는 대화가 맛있었다.

뿐만 아니라 자전거, 축구, 주짓수, 전통음악, 미술 등에 재능 있는 분들이 이모 삼촌의 마음으로 소년들을 가르쳐주었다. 그렇게 소년들의 스트레스와 분노를 녹여주었다. 기죽지 않고 당당하게 홀로 설 수 있도록 격려했다.

명절에는 모두 모여 제기차기, 윷놀이, 노래자랑을 했다. 설날이면 나는 새뱃돈 봉투를 준비했다. 세뱃돈을 받고 기뻐하는 소년들을 바라보는 일이 그렇게 흐뭇할 수가 없었다. 명절 점심에는 성인이 되어 쉼터를 퇴소했지만 가족이 없는 청년들을 초대한다. 명절에 오랜만에 만난 진짜 가족처럼 떡과 부침개를 나눠 먹으며 정을 확인한다.

어떤 명절에는 이탈리아 대사관에서 쉼터 소년들을 초대한 적도 있다. 대사관에서 이탈리아 음식으로 파티를 열었다. 소년들은 특별한 음식과 독특한 공간을 보면서 아주 좋아했다. 함께 이탈리아 여행을 떠난 기분마저 들었다. 잊지 못할 명절의 추억이다.

소년들이 세상으로 나아갈 수 있는 자신감을 심어주기 위해 3단계가 필요하다.

첫 번째는 '듣기'다. 무엇보다 마음으로 듣는 것이 필요하다. 먼저 소년들이 무엇을 필요로 하는지 들어야 한다. 가출한 소년의 마음속 분노와 스트레스를 이해하기 위해서는 먼저 들어야 한다.

두 번째로는 '창의적인 활동'이 필요하다. 소년들의 잠재된 재능을 발휘할 수 있도록 돕고, 그 활동을 통해 분노를 녹일 수 있어야 한다. 삶의 즐거움을 깨우치는 창의적인 프로그램을 마련해야 한다.

세 번째는 '열정'이다. 소년들과 함께하는 열정이 중요하다. 마라톤이든 등산이든 즐겁게 함께하는 덕분에 나 역시도 생기가 생겼다. 이런 과정을 통해 소년들이 세상으로 나아갔다. 아버지, 이모, 삼촌의 손을 잡고서 나아갔다. 쉼터의 소년들은 매일 한 뼘씩 자라났다. 얼마나 자랑스러운지 모른다. 어버이날이면 손 편지를 받는다. 또한 소년들이 가슴에 달아주는 카네이션은 어느 훈장보다 뿌듯하다.

소년들 덕분에 내게 좋은 일도 생겼다. 명성을 바란 것은 아니지만 2015년 이탈리아 공로 훈장을 받았다. 2019년에는 대한민국 국민훈장 동백장을 받았다. 이는 모두 안나의 집 봉사자들과 후원자들에게 주시는 상이라 생각했다.

상을 받은 날도 다를 게 없다. 앞치마를 두르고 식사 준비를 했다. 쉼터 소년들이 다가와 "신부님 축하드려요"라고 쑥스러운 듯 인사했다. 모든 것이 감사했다.

소년들의 아버지로서 부끄럽지 않은 사람이 되고 싶다. 소년들의 어깨를 펴줄 수 있는 일이라면 무엇이든 하고 싶다. 나는 아버지니까.

이제는 내가
"문은 언제나 열려 있단다"

쉼터에 소년들이 늘어나면서 가슴이 철렁 내려앉는 일
도 많아졌다. 늦은 밤, 잠자리에서 낯선 번호가 적힌 전화
를 받는다. 뭔가 불길하다. 전화기에서는 계속 우는 소리만
들렸다.

"누구세요, 누구세요" 애타게 물어보았으나 대답이 없
다. 끊으려는 순간에, "신부님 전데요" 하고 울먹이는 목소
리가 들려온다.

오래전부터 잘 알고 있던 소년이었다. 홀로 고생하며 생
활하는 사정을 잘 알기에 도움을 요청하면 달려가곤 했다.

"너, 무슨 일이니? 왜 그러니?"

"저 살고 싶지 않아요. 오늘이 신부님과 마지막 통화일
것 같아요."

눈앞이 캄캄해졌다.

"힘든 일이 있으면 얼마든지 도와줄 수 있어. 그동안 잘 해왔던 것처럼 도와줄 수 있으니 그런 이야기는 하지 말고 어디 있는지 말해주렴. 만나서 이야기하자."

"어디에 있는지 모르셔도 돼요. 오지 마세요."

그렇게 말하고는 또 울었다. 그 작은 마음이 얼마나 힘들었을까. 무너지는 마음으로 전화했을 것이다. 소년의 슬픔과 흥분이 가라앉기를 기도드리며 어렵게 대화를 이어갔다. 1시간 30분 정도 통화했다.

나는 계속 "그러지 말고 어디에 있는지 알려주면 내가 갈 테니 만나자"라며 달랬으나 그 아이는 "아뇨, 오지 마세요"라는 단호한 목소리만 남기고 전화를 끊었다. 자살을 시도할 수도 있다는 생각이 들었고, 급한 마음에 경찰에 신고했다. 긴급한 상황을 설명했다. 걱정되어 어쩔 줄 몰라 하며 기다렸다. 두 시간이 지난 뒤 경찰에게서 연락이 왔다. 소년을 잘 찾았고 무사하니 걱정하지 말라는 말에 안도의 한숨을 내쉬었다. 바로 감사의 기도를 드렸다.

'감사합니다. 고통 속에 있는 청소년을 돌볼 수 있는 은총을 제게 주셔서 감사합니다.'

소년들을 돌보다 지칠 때면 이 시를 읽는다. 쉼터의 소년이 쓴 시다.

눈물이 난다. 이 조그마한 땅에서
모든 생물들은 눈물에 새싹이 난다.
이 조그마한 나라에서 자그마한 생물들이
살아났다 사라지고 오감과 촉감이 사람을 만든다.
생명을 만든다.
눈물이 난다.
아버지의 눈물이 가장 든든한 눈물이다.
아버지의 눈물은 희생이다.
그래서 나도 눈물이 난다.

— 「아버지의 눈물」

쉼터 소년들에게 어떤 아버지가 되어야 할까 고민이 많다. 그런 고민에 휩싸일 때 나의 아버지 안젤로를 떠올린다. 아버지가 나에게 가끔 '특별한 선물'을 해주었던 것이 좋았다. 그래서 나 역시 대학교에 입학하거나 큰 성과를 이룬 소년에게는 장학금을 주고 과제를 위해 필요한 컴퓨터를 사준다. 그리고 아버지가 그랬던 것처럼 나도 아이들에게 이렇게 이야기한다.

"문은 언제나 열려 있단다."

안나의 집에서 퇴소한 소년이 청년이 되어 인사할 때의

기쁨은 말로 다 표현이 안 된다. 어느 날, 검은 오토바이 한 대가 안나의 집 앞에 멈춰 섰다. 오토바이 라이더 복장을 한 남자가 검은 헬멧을 쓴 채로 들어오더니 나를 보자마자 안는다. 헬멧을 벗고 나서야 나는 그가 누군지를 알아봤다.

"신부님, 저는 이제 좋은 직업을 갖게 됐습니다. 돈도 잘 벌고 새로운 오토바이도 샀어요. 신부님께 이 오토바이를 꼭 보여드리고 싶었어요. 제가 한 번 도망쳤다 망설임과 부끄러움을 안고, 다시 안나의 집에 돌아왔던 것을 기억하세요?"

물론 기억하고 있었다.

"저는 솔직히 신부님이 도망친 저를 다시 받아들여주지 않을 거라 생각했어요. 그런데 신부님은 혼내시지도 않고 따스한 미소로 '얘야, 집에 돌아왔구나' 하고 저를 다시 받아들여주셨죠. 10년이 흘렀어요. 공부도 가르쳐주셔서 고맙습니다. 돈 잘 벌고 저 행복해요. 10년 전 신부님이 저를 믿고 받아들여주셨기 때문이에요. 감사해요, 신부님."

방황을 마치고 돌아와도 언제나 좋다. 과오를 저질렀어도 반성하고 나아지면 좋다. 아무것도 묻지 않고 받아주는 진짜 내 집 같은 안나의 집이 있으니까.

"사랑하는 얘들아, 문은 언제나 열려 있단다."

인생은
아름다워

그래도
인생은 아름다워

내가 십대 때부터 신학교를 다닌 것을 아는 사람들은 내가 매우 엄격하고 건조한 성장기를 거쳤으리라고 짐작한다. 그러나 재밌고 즐거운 추억이 너무도 많다.

신학대에 들어간 이후로는 여름이면 알프스 돌로미티로 산행을 갔다. 해발 4천 미터 정도 산을 걷는 일은 가슴이 뻐근할 정도로 좋았다. 트래킹하는 동안 파노라마처럼 펼쳐진 산과 다채롭게 흐르는 강, 웅장한 계곡, 그리고 흐르는 땀을 식히기 위해 잠깐 쉴 때 발견한 작은 꽃들에서 위대함을 발견했다. 자연의 아름다움은 위대하다는 느낌과 통했다.

무슨 일을 하든 열정적으로 즐기면서 하는 성격이라 웬만해선 포기를 잘 모른다. 물론 고통을 겪을 때는 움츠러들 때도 있었다. 여러 번 고백했듯이 난독증으로 학습과 생활이 힘들었다. 그러나 그 난독증 덕분에 나는 변화했다. 인내심을 길렀고 타인의 고통에 민감해졌다. 그래서 힘들게 사는 이웃을 돕고 봉사하려는 마음이 우러나오게 된 것이다. 고등학생 시절부터 다녔던 고아원, 양로원, 장애인 시설, 교도소 등에서 봉사활동의 기쁨을 알게 되었다. 나의 성장기의 즐거움은 자전거와 오토바이 타기, 등산이었고 또 기쁨은 봉사활동이었다.

한국에 와서도 취미 생활은 이어졌다. 자전거 동호회 활동도 했다. 일요일이면 함께 자전거를 타는 '도싸팀'과 먼 곳으로 나가 아침부터 저녁 늦게까지 자전거 타는 것을 즐겼다. 잘 포장된 도로나 천변을 달릴 때 스치는 바람이 상쾌했다. 가끔 자전거 타기를 멈추고 들꽃이 바람에 흔들리는 모습을 사진에 담기도 했다. 그리고 도싸팀과 함께 훈련하며 자전거 시합에 나가기도 했다.

성남 근처의 산들을 하루에 모두 다 일주하고 싶다는 목표를 세우고 체력을 키웠다. 남한산성부터 수서를 거쳐 세곡동까지 산행하기 위해 인터넷으로 지도를 찾아보았다. 확인해보니 소요 시간이 54시간으로 만만치 않은 산행이었다. 최대한 짧은 시간 안에 완주하기로 마음먹었다. 등산 지팡이, 칼, 로프 등을 가방에 담고 물과 초콜릿을 챙겼다.

출발일, 새벽 3시에 수도원에서 나와 택시를 타고 남한

산성으로 향했다. 아무도 없는 새벽이었다. 산행하기에는 너무 어두워 랜턴으로 길을 밝히며 올랐다. 남한산성에서 검단산을 향해 가는데 온갖 새소리가 들리기 시작했다. 검단산에 도착했을 즈음에 동쪽 일출을 보며 뿌듯함과 행복함을 느꼈다.

다시 발걸음을 영장산에서 불곡산으로 옮겼고 미금역으로 내려왔다. 조사에 의하면 열두 시간 정도 소요된다고 했으나 속도를 높였기 때문인지 일곱 시간이 걸렸다. 다음 코스로 가기 위해 미금역에서 다시 택시를 타고 고기초등학교에서 내렸다. 광교산을 시작으로 청계산을 거쳐 인릉산에 올랐다.

오르는 중에 점점 어둠이 밀려왔다. 어두워지면 산행에 더욱 집중할 수 있다는 장점이 있다. 위험할 수도 있지만 온몸의 감각을 집중해 자연을 느낄 수도 있다. 산행을 하다 보니 어느새 인릉산이었고, 수도원이 있는 세곡동으로 내려올 수 있었다. 성남의 모든 산들을 내 두 발로 완주한 것이다. 완주의 기쁨과 야간 산행의 묘미를 느낄 수 있었다.

총 열여덟 시간이 소요되었다. 예상 시간보다 빨리 산행을 마친 성취감이 컸다. 무엇보다 불의의 사고 없이 마치게 된 것과 산행하는 동안 나 자신이 아름답고 위대한 자연의 일부임을 느낄 수 있었다는 데 감사했다. 긴 코스였다. 너무 춥거나 더운 날씨에는 산행이 어렵기 때문에 일 년 중 봄과 가을에 산행하는 것이 좋다. 꾸준히 체력을 키워 탈진하지 않도록 준비하는 것도 중요하다.

젊은 시절에는 자전거 동아리 친구들과 일주일에 한 번 정기적으로 산행을 즐겼다. 지금은 무릎을 다쳐 산행을 조심하고 있다. 자전거는 지치지 않고 타는 유일한 취미로 남았다.

이렇게 즐겁게 살려고 하지만 맡은 일이 과중해서 몸이 견디지 못할 때가 있다. 몇 년 전, 미사를 드리는 도중에 쓰러졌다. 눈을 뜨니 병원이었다. 검사 결과 특별한 이상 징후는 없었지만 의사는 '번아웃' 상태라고 진단했다. 쉼 없이 일하며 정신력으로 버텨왔던 결과였다. 탈진 상태가 됐던 것이다.

그 후에도 구급차에 실려 세 번 정도 병원을 다녀온 적이 있다. 교통사고로 크게 다치기도 했다. 다섯 번의 크고 작은 물리적인 사고들도 있었다. 팔과 다리가 부러지거나 갈비뼈나 쇄골을 다치기도 했다.

내 생활이 평탄하다고 할 수는 없다. 크고 작은 사고들이 늘 있었다. 하지만 즐거움을 찾고 기쁨을 누리려는 노력을 게을리하지 않는다. 빛과 그림자가 교차하는 인생은, 그래도 아름답다.

내 삶의 쉼표

봉사자들이 종종 묻는다.

"신부님 너무 바쁘셔서 힘들지 않으신가요? 어떻게 매일 그렇게 사실 수 있나요?"

걱정 어린 질문이다. 그 선한 마음에 응답하듯 털어놓는다. "네, 할 일이 많죠. 신경 쓰고 걱정할 일도 있고요. 그래서 한 달에 한 번, 모든 것을 떠나 피정*합니다."

바쁜 일상을 벗어나 예수님과 함께 조용한 시간을 보내는 것. 피정을 통해 살아갈 힘을 되찾는다. 그리고 매일 아침에 드리는 한 시간의 기도가 하루를 살게 한다. 매일매일 하는 기도와 한 달에 한 번의 피정이 삶의 기초이자 버

• 일상에서 벗어나 성당이나 수도원 같은 곳에서 묵상이나 기도를 통해 자신을 살피는 일.

팀목이다. 일상이 이렇게 견고한 버팀목 위에서 펼쳐진다. 기도와 피정에서 얻게 된 사랑의 힘은 크다.

에스프레소를 좋아한다. 한국에 와서는 이탈리아 음식을 잘 먹지 않는다. 그런데 고향에서 마시던 에스프레소는 버릴 수가 없다. 삶의 기쁨과 슬픔, 가족과 고향에 대한 그리움이 작은 에스프레소 한 잔에 들어 있는 듯하다. 많은 것을 내려놓고 개인적인 욕망은 경계해야 하는 수도자에게 커피 한 잔은 근사한 위로다.

한국에 와서 믹스커피를 발견하고 놀랐다. 비닐봉지에 커피와 크림분말 그리고 설탕이 섞여 있는 오묘한 맛에 점차 길들여졌다. 처음에는 낯설었지만 점점 구수하게 느껴지는 커피였다. 지금은 에스프레소도 좋지만 믹스커피도 좋아한다.

안나의 집 운영 초기에 식자재를 구하기 위해 새벽시장에 가면 누군가 믹스커피를 타서 건네주었다. 마음 따뜻한 상인 분들의 서비스였다. 달콤한 믹스커피는 새벽 추위와 양식을 구해야 하는 막막함을 누그러뜨렸다. 그 후로 나도 안나의 집을 찾아온 손님에게 특별한 마음을 담아 믹스커피를 내놓는다.

피정과 기도, 커피 한 잔이 가난하고 바쁜 수도자의 삶에 쉼과 힘을 준다.

2002년 월드컵,
이탈리아 축구팀 속으로

대한민국의 축구 역사에서 잊을 수 없는 환희의 2002년 월드컵. 그날은 한국과 이탈리아의 16강전을 앞두고 있었다. 보통 이탈리아 남자들은 모두 축구를 좋아할 것이라는 선입견이 있는데 사실 나는 축구를 그다지 좋아하지 않는다. 그런데 이탈리아 축구 대표팀의 미사를 집전하게 되었다. 이탈리아 선수들은 경기를 앞두고 긴장한 듯했지만 미사를 드리는 동안만큼은 착실한 신자의 모습이었다. 텔레비전에서 보았던 트라파토니 감독과 선수들이 조용히 기도를 드렸다. 미사 중 트라파토니 감독이 제1독서를 선포했다.

토마시 선수는 제단 옆에 착실한 복사로 앉아 있었다. 토티 선수는 미사를 거행하는 동안 차분하고 진지하게 집중했다. 잔디밭을 누비던 세계적 선수들이 두 손을 모으며 눈을 감았다. 나는 강론으로 무엇을 전할까 고민하다가 예수님도 팀을 만들었던 사실을 꺼냈다.

"예수님께서도 자기의 팀을 만들고 많은 제자들 중에 열두 명을 택하셨습니다. 그리고 3년 동안 그들을 잘 훈련시키셨습니다. 그러고 나서 월드컵이 아니라 전 세계, 월드를 누비라고 그들을 보내십니다. 영원한 생명을 주시려고 그들을 보낸 것입니다. 그것은 인간이 만든 트로피보다 훨씬 중요합니다."

미사가 끝나고 경기를 준비하는 선수들과 이야기를 나눴다. 델피에로와 말디니 선수가 다가오는 경기에 대해 이야기했고 네스타 선수는 아픈 다리를 걱정하였다. 점심 식사도 함께했기에 이탈리아 축구 국가대표팀과 코칭스태프가 모두 모인 셈이었다. 카메라와 마이크가 없는 식탁에서 보는 선수들의 모습은 밝고 평범한 청년들이었다.

식사가 끝나고 나는 한국에서도 인기가 좋은 토티와 비에리 선수에게 다가가 기념사진 한 장을 찍자고 했다. 비에리 선수가 웃으면서 내 한쪽 팔을 힘 있게 붙잡아 두 사람 가운데 끌어다놓았다. 그래서 나는 이 두 거인 사이의 작은 꼬마처럼 보이는 사진을 갖게 되었다.

내가 미사를 집전하며 만난 이탈리아 국가대표팀 선수들은 다혈질의 열정적인 축구 스타들이 아니었다. 오로지 공을 신나게 잘 차고 싶어 하는 멋진 프로들이자 아름다운 청년들이었다. 이탈리아 대표팀과 만났던 하루는 동화 속에서 보낸 것 같았다. 이상한 나라의 앨리스가 된 느낌이었으니까.

이제 고백할 것이 있는데, 2002년 월드컵 당시 한국과 이탈리아의 경기는 내가 마음속으로 응원한 팀이 승리했다.

프란치스코 교황님과
만나다

"나는 가난한 사람을 마주했을 때 그들을 우리의 형제
요, 우리의 자매로 여기며 사랑을 실천하도록 부름받았습
니다."

프란치스코 교황님의 이 말씀을 잊지 않고 산다. 교황님
을 만나고 싶다는 강한 소망이 있었다. 2014년, 프란치스
코 교황님이 한국에 오셨다. 가난하고 힘없는 이들의 아버
지, 가난한 이들에게 먼저 손을 내밀고 발을 씻어주는 프
란치스코 교황님. 내가 사제로서 걸어가는 길에 북극성 같
은 큰 별이 되어주시는 분인데 직접 볼 수 있다니 무척 설
렜다. 멀리서나마 꼭 뵙고 싶었다. 광화문 광장에서 집전하
는 시복미사에 함께하고 싶었지만 아쉽게도 기회는 없었
다. 그러나 간절한 소망 때문에 방법을 찾고 싶었다.

'공항으로 마중을 나가면 뵐 수 있지 않을까.'

이런 생각으로 안나의 집 직원들과 머리를 맞대고 작전을 짰다. 교황님이 도착하는 성남 서울공항으로 향하자. 차가 나오는 곳 바로 앞에 서서 기다리자.

드디어 그날이 되었다. 직접 만든 환영 플래카드를 들고 나갔다. 프란치스코 교황님의 모습이 그려진 빨간 티셔츠도 입고 설레는 마음으로 공항에 갔다. 도착 예정 시각보다 두 시간 먼저 공항에 갔지만 이미 인산인해였다. 내가 설 자리가 없을 지경이었다. 드디어 프란치스코 교황님이 한국 땅을 밟으셨는지 사람들의 환호가 터져 나왔다. 내 눈에 그 모습이 보일 리 없었다. 아쉽고 안타까웠지만 사람들과 함께 박수 치고 플래카드를 흔들고 특별한 티셔츠를 입은 기념사진만 찍은 채 돌아서야 했다.

4년 후인 2018년, 이탈리아로 휴가를 떠났다. 2년에 한 번씩 고향을 찾는 시간이었다. 그런데 우연히도 내가 고향에 있는 동안 문재인 대통령이 이탈리아를 찾았다. 대통령이 이탈리아 교황청을 공식 방문하는 일정이 있었는데, 이탈리아 한국 대사관에서 내게 연락이 왔다.

"성 베드로 대성당에서 교황청 국무원장 파롤린 추기경의 집전으로 한반도 평화를 위한 미사를 드립니다. 혹시 신부님을 초청해도 될까요?"

바티칸의 성 베드로 대성당에서
프란치스코 교황님을 뵈었던 날

세상에 이렇게 좋은 일이 일어나다니. 어머니가 더 좋아하셨다.

성 베드로 대성당이 있는 바티칸으로 향하는 발걸음이 구름 위에 뜬 것처럼 가벼웠다. 미사에 참석하기 위해 성 베드로 대성당의 복도를 걸어가는데 교황님이 지나가셨다. 내 눈앞에 프란치스코 교황님이 계신 것이다.

가슴이 벅차서 아무 말도 떠오르지 않았다. 정신을 가다듬고 인사를 드렸다. 교황님은 환한 미소로 받아주셨다. 내 눈을 들여다보며 인사를 건네주셨다. 누구인지, 어떻게 왔는지 아무것도 묻지 않고 반갑게 인사해주셨다.

무엇보다 놀라웠던 것은 경호원들이 어떤 제지도 하지 않은 것이었다. 교황님은 나의 손을 잡으셨다. 나는 안나의 집에 대해 이야기했다. 교황님은 귀 기울여 들으셨다. 인간적이고 소박한 분이었다. 따뜻하게 미소 짓는 교황님을 직접 뵙게 되니 없던 용기가 솟았다.

"교황님, 안나의 집을 위해 축복의 메시지를 부탁드려도 될까요?"

떨리는 목소리로 요청드렸다.

"물론이죠."

프란치스코 교황님은 흔쾌히 승낙하셨다. 그때 내가 갖고 있던 것은 스마트폰뿐이었다. 교황님은 스마트폰의 화면을 바라보며 영상 메시지를 남겨주셨다.

"반갑습니다. 안나의 집 가족 여러분께 인사드립니다. 안나의 집을 찾는 사람들이 행복한 삶을 향해 나아갈 수 있도록 돕는 여러분께 모두 고맙다는 말을 전합니다. 안나의 집 청소년과 노숙인 여러분, 항상 앞으로 나아가시기를 바랍니다. 가끔 삶의 어느 순간에는 어두움이 찾아오지만, 포기하지 마세요. 미소를 잃지 말고 주님의 힘으로 항상 앞을 향해 나아가세요. 여러분 모두에게 주님의 축복을 빕니다. 그리고 저를 위해서 기도해주세요. 감사합니다. 이처럼 낮은 자세로 모든 이와 함께하는 안나의 집 가족 여러분, 늘 감사합니다. 그리고 사랑합니다."

교황님의 메시지를 받은 그 순간이 꿈같았다. 눈물이 날 것 같았다.

예수님이 나의 손을
잡아줄 때

　안나의 집을 운영하면서 쌀 한 톨의 귀중함을 뼈저리게 느낀다. 쌀이 얼마나 귀한 것인지, 쌀을 얻기 위한 전쟁을 치르는 느낌마저 든다.

　쌀이 떨어진 적이 있다. 그렇다고 찾아오는 노숙인들을 굶게 할 수는 없는 노릇이었다. 봉사자들과 머리를 맞대고 의논했다. 쌀가게 사장님을 설득하여 우선 쌀을 받고, 쌀 값을 나중에 갚자는 결론을 내렸다.

　무거운 발걸음으로 쌀가게로 향하려고 나서는 순간, 안 나의 집 앞으로 트럭 한 대가 섰다. 믿을 수 없게도 쌀 포대를 싣고 있었다. 후원자가 안나의 집을 위해 쌀을 싣고 온 것이다. 미리 부탁한 것도 절대 아니었다. 더욱 신기했던 것은 딱 필요한 만큼, 더도 아닌 그만큼의 쌀이 생긴 것이 다. 이런 놀랍고 신기한 경험이 종종 있다.

간혹 사람들은 내게 권한다.

"밥 대신 빵이나 국수를 주면 더 편하실 것 같아요."

그럴 수는 없다.

첫 번째 이유는 빵이나 국수를 먹게 되면 빨리 허기지기 때문이다. 두 번째 이유는 밥 한 그릇으로 사람의 존엄함을 일깨워주고 싶기 때문이다. 나는 노숙인들이 한국인의 주식인 밥 한 끼로 대접받아야 마땅하다고 생각한다. 사람은 어떠한 상황에서도 존중받아야 하는 존재니까. 한 사람 한 사람이 따뜻한 밥을 먹어야 하는 소중한 존재라는 것을 일깨우고 싶다.

가난한 사람들은 단순히 밥 한 그릇을 부탁하는 것이 아니다. 먼저 자신을 평범한 한 사람으로 대해주기를 원한다. 그래서 나와 봉사자들은 밥을 드리기 전에 마음을 담아 "안녕하십니까, 사랑합니다"라고 외친다. 갓 지은 밥과 따뜻한 국이 사회의 견고한 벽에 부딪혀 생긴 노숙인들의 상처를 어루만져주었으면 좋겠다. 치유의 약이 되어주기를 바란다. 주저앉고 싶은 순간, 잘 차려진 밥을 먹고 용기를 내기를 바란다. 그래서 나는 갓 지은 밥과 새로 만든 국과 반찬을 고수한다.

안나의 집 식탁에는 어머니가 차려준 밥상처럼 맛있는 음식이 놓인다. 매일매일 새로 밥을 짓는다. 전날과 같은 반찬을 드린 적도 없다. 반찬 메뉴를 생각하는 것은 고단한 일이지만 즐거움이 더 크다. 지금은 코로나19 상황이어서 도시락으로 대접한다. 한 개의 도시락이 유일한 하루 양식인 노숙인을 생각하면 반찬 하나하나를 더욱 고민하게 된다.

요즘에는 이렇게 만들었다.

월요일 메뉴는 된장국, 감자밥, 도토리묵무침, 콩나물무침, 배추김치.

화요일 메뉴는 미역국, 흑미밥, 달걀찜, 파래무침, 배추김치, 머핀, 마스크.

수요일 메뉴는 밥, 소불고기, 곤드레나물, 콩나물국, 김치.

목요일 메뉴는 밥, 감자탕, 김치, 찐만두, 마스크.

금요일 메뉴는 기장밥, 새우탕, 감자조림, 콩나물무침, 배추김치.

토요일 메뉴는 짜장덮밥, 단무지, 배추김치.

이 식단 자체가 아름다운 기적이라고 생각한다. 쌀이 떨어지지 않고 반찬 재료가 매일 생기는 것이 기적이다. 안나의 집을 찾아오는 노숙인이 밥 대신 빵으로 하루를 견뎌야 하는 날이 있다. 바로 일요일이다. 일요일에는 안나의 집이 쉬는 날이어서, 토요일에 다음 날 먹을 빵과 먹을거리들을 함께 나눠 드린다. 그런데 언젠가는 빵마저 떨어진 날이 있었다.

　배고픔은 하루도 멈추지 않는데, 빵이 떨어진 것이다. 큰 사건이었다. 코로나19 상황에서는 하루 850명분의 빵을 준비해야 했는데, 우리에게는 삶은 계란과 300명 정도가 먹을 수 있는 빵밖에 없었다. 충격적이고 슬펐지만 어떻게든 이를 해결해야 했다. 백방으로 알아봤지만 결과는 좋지 않았다. 일요일 식사용 빵을 모든 노숙인에게 드릴 수 없다고 자포자기할 때였다.

　낯선 아저씨가 안나의 집으로 들어왔다.

　"요구르트 재고가 800개 넘게 남았는데 드릴까요?"

　빵은 아니었지만 정말 고마운 먹을거리였다. 그런데 이어서 놀라운 일이 또 생겼다. 수백 개의 빵이 든 상자와 물병이 도착한 것이다. 나와 봉사자들은 놀라움을 감추지 않고 서로 눈빛을 보며 떨리는 목소리로 말했다.

　"이제 일요일 식사도 드릴 수 있게 됐어요."

　그래서 그날은 모든 노숙인에게 물 한 병, 삶은 달걀 세 개, 요구르트 한 개, 넉넉한 빵을 줄 수 있었다. 어떤 사람은 이런 일을 '우연'이라고 말한다. 또 누군가는 이것을 단순히 '운'이라고 말하기도 한다. 그러나 나는 이렇게밖에 말하지 않을 수 없다. 언제나 우리를 지켜보시는 예수님은, 간절한 상황에서 손을 내미신다고.

7월 7일은 안나의 집의 생일이다. 올해 탄생 스물세 해를 맞은 안나의 집, 코로나19 상황에서 조용히 생일을 치르고 지난 시간을 돌아보았다. 스물세 해 동안 노숙인들과 어르신들께 259만 3093그릇의 밥을 선물했다. 예수님의 거룩한 축복 없이는 불가능한 일이다.

후원자의 쌀 한 톨에서 시작된 따뜻한 돌림노래는 이렇게 이어진다.

생일을 보내는 법

올해 65세 생일 아침, 감사한 마음으로 일어났다. 지금까지 많은 일이 있었지만 아침에 이렇게 일어나 안나의 집으로 갈 수 있다는 것이 큰 선물처럼 생각되었다. 안나의 집 봉사자들과 후원자들이 함께하는 것이 어떤 선물보다 값진 것이다.

"생일 축하한다. 다른 날보다 더 행복했으면 한다."

연로하신 어머니는 이탈리아에서 영상으로 축하 인사를 건넸다. 낳아주신 어머니의 인사말을 받을 수 있다는 것도 고맙다. 생일날 새삼스럽게 고마운 삶의 선물을 하나씩 꼽아보며 공동생활 가정에 소년들을 만나러 갔다. 새로운 얼굴이 보였다. 나중에 나이를 확인했지만, 아홉 살 아이는 어두운 얼굴로 앉아 있었고, 세 살 아이는 장난감을 손에 쥔 채 놀고 있었다.

나는 아홉 살 아이에게 다가가 다정하게 이름을 물었다. 겁에 질린 듯 보이는 아이의 마음을 풀어주고 싶었다. 두 아이는 형제였다. 대화를 주고받으니 그나마 아홉 살 형의 얼굴이 조금 밝아졌다. 형제가 쉼터에 온 사연을 알고 싶어서 담당 선생님을 찾았다.

선생님은 "어젯밤 경찰이 도착해 이 두 아이의 긴급 보호 요청을 해왔다"라고 설명했다. 형제의 젊은 엄마가 목을 매 숨졌다고 했다. 형은 엄마의 마지막 모습을 보고 두려움에 떨면서 119에 도움을 요청했다고 한다. 엄마는 구급차에 실려 갔지만 형제는 의지할 곳도, 갈 곳도 없으니 쉼터의 식구가 되었다는 사연이었다. 나는 형제들이 가여워 견딜 수가 없었다. 다시 형제들에게 다가가 오늘 하루는 여기에서 잘 지내라고 인사했다. 밖으로 나오자 눈물이 터졌다. 이 비극적인 상황을 어찌할 것인가. 그리고 안나의 집에서 일어나는 일들을 떠올렸다.

봉사자와 후원자, 직원이 매일 기도하며 세상을 돕고 있는데 왜 가슴 아픈 일들은 끝나지 않는가. 나는 알 수 없다. 그저 사랑하는 아이들이 고통스러운 삶의 한가운데 있다는 것만 알겠다. 그러나 계속 울고만 있을 수 없다. 해야 할 일이 많다.

'내가 강해져야 하고 내가 몸을 움직여 아이들을 지켜야 한다. 사랑으로 길러 눈물을 지워주고 사랑이 넘치는 삶을 살도록 해주자.' 이런 다짐을 다시 하게 되었다. 사랑으로 죽는 날까지 아이들 편에 서겠다는 나 자신과의 언약은 생일날 아침에 더 견고해졌다.

안나의 집에 도착하자마자 앞치마를 두르고 예수님과 대화하며 주방 정리를 했다. 나는 끊임없이 물었다.

'왜 죄 없는 아이들이 이토록 많은 고통을 겪습니까?'

'아이들에게 모순의 삶을 어떻게 이해시켜야 합니까?'

'아이들이 상처에 물들지 않게 하려면 제가 어떻게 해야 합니까?'

주방을 정리하는 것이 사색과 수행의 시간이 된 지 오래다. 깨끗한 성수보다 설거지물에 두 손을 담근 적이 더 많았던 인생이다. 그 시간 속에서 깨달았다. 흐르는 물은 슬픔을 씻어준다는 것을. 오늘도 흐르는 물에 나의 울적했던 마음을 실어 내보냈다. 차분해진 마음의 수면 위로 말씀 하나가 떠올랐다.

낙심하지 말고 계속 좋은 일을 합시다. 포기하지 않으면 제때에 수확을 거두게 될 것입니다.
—갈라디아서 6장 9절

아이들이 낙심하지 않게 지켜주리라. 혼자가 아니라 함께할 수 있어 얼마나 다행인가. 아이들에게 둥지가 되어줄 수 있다는 것이 얼마나 큰 축복인가.

예수님과의 대화는 감사한 마음으로 이어졌다. 나는 한없이 작은 존재인데, 고난 속에 있는 사람들과 함께하는 삶을 주신 것에 감사했다. 나는 예수님에게 선택받은 것이다. 죽어서도 이 땅의 종으로 선택받은 것이다. 멋진 인생이다.

봉사자분들과 안나의 집에서 나눈 생일 케이크는 유난히 달고 맛있었다.

나눔의 길에
피어나는 꽃

밭에서 키운 감자와 배추를 나눠주는 분, 한 달 용돈인 3만 원을 주는 수녀님, 모금 활동에 나서주는 학생들, 환갑 잔치나 신혼여행, 돌잔치 대신 나눔을 택한 분들, 첫 월급을 기부한 분, 장애인 보호 작업장에서 받은 첫 월급을 기부한 지적장애인 친구, 백설기 700개를 보내준 할머니, 노숙인을 보고 눈물을 흘리며 걸고 있던 목걸이를 풀어주는 분, 조깅하다 거리에서 노숙인을 만나자 주머니에 있던 용돈을 다 털어준 분, 해마다 약을 기부하는 약사분들, 코로나19로 힘든 시기임에도 개업하고 첫 달의 매출을 모두 기부한 분, 마스크가 귀했던 시기에 선뜻 수백 장의 마스크를 선물한 분……. 안나의 집 후원은 끝없이 아름답게 이어진다. 어떤 날은 낡은 코트를 입은 할머니가 어렵게 모은 100만 원을 놓고 간 적도 있다. 다양한 분야의 재능을 기부하는 분도 우리 이웃을 살리고 있다. 특히 아무도 모르게 안나의집을 후원해주시는 분들에게 말로 다할 수 없을 정도로 감사하다. 잊지 않고 있다. 이렇게 소중한 분들이 안나의 집을 살리고 이끌고 있다. 아마 우리나라에서 "감사합니다" 인사를 가장 많이 하는 사람을 뽑는다면 내가 되지 않을까 싶다. 감사 인사는 해도 해도 부족하다.

2021년 새해, 작년에 이어 코로나19 상황이 지속되면서 어떻게 한 해를 보내야 할지 두려워하며 조심스럽게 안나의 집 계획을 짜고 있었다. 한 해를 무사히 넘겨야 한다는 사명감에 붙들려 있는데 고맙게도 여러 곳에서 응원의 목소리가 들려왔다.

SK그룹 최태원 회장은 신년사에서 우리 사회에 어떤 행복을 더해야 할지 고민할 때라며, 안나의 집을 이야기하고 응원했다. 입춘에는 한 서예가가 "신부님, 오늘 입춘이라서 안나의 집을 위해 좋은 글씨를 쓰고 싶습니다" 하면서 '천재춘설소千災春雪消' '만복운집기萬福雲集起'라는 글씨를 써주었다. 안 좋은 일은 모두 눈 녹듯 없어지고 좋은 복은 많이 모이기를 기원한다는 뜻이다. MBC 방송사에서는 시청자들의 정성 어린 모금을 안나의 집에 전달해주기도 했다. 이밖에도 정말 많은 분의 마음 덕분에 안나의 집은 운영된다.

더욱 고마운 것은 안나의 집에서 도움을 받았던 분이

홀로서기를 해 후원자가 된 경우다. 이는 눈물 없이 말할 수 없다. 며칠 전에도 전화를 받고 울었다.

"저는 10년 전에 안나의 집에서 식사했고요. 큰 도움을 받았습니다. 오랜 시간이 흘러, 방송에서 신부님을 다시 뵙게 되었어요. 그때의 감사한 마음을 이제 제가 전하고 싶어요. 비록 몸이 불편하지만 기술을 배웠어요. 먹고살 만큼 됐습니다. 코로나로 어려우시죠. 저보다 어려운 이웃들을 위해 월 3만 원씩 정기 후원을 하겠습니다."

오늘은 한 젊은 봉사자가 내게 조심스레 물었다. "신부님, 제가 봉사는 처음인데 혹시 주의해야 할 것들이 있을까요"라고. 나는 봉사의 세 가지 원칙을 알려주었다.

첫 번째는 환영이다. 봉사자는 대상자를 친구처럼 반갑게, 기쁘게 대해야 한다. 두 번째는 경청하며 공감하는 것이다. 대상자의 말을 주의 깊게 듣고 공감하며 도와야 한다. 필요로 하는 것이 무엇인지 들어야 한다. 세 번째는 나눔이다. 경청하며 알게 된 것을 나누고 봉사를 통해 사랑을 실천해야 한다. 이 세 가지 원칙이 지켜졌을 때 진정한 봉사의 가치는 드러날 것이다. 하나라도 빠지면 대상자는 아쉬움을 느낄 것이다.

보좌신부님들도 자주 안나의 집에 들른다.

"제가 중학생 때 안나의 집에 처음 봉사하러 왔었는데

그때 김하종 신부님이 계셨고, 신학생이 되어서 왔을 때도 김 신부님이 계셨으며, 이렇게 제가 사제가 된 후 왔을 때도 김 신부님이 이곳에 계시네요. 가난한 이들을 위해 언제나 이곳을 지켜주셔서 감사합니다. 이제 사제가 된 제가 많은 이들에게 신부님의 뜻을 전하겠습니다."

내가 평생 헌신하겠다고 다짐한 나눔의 원칙과 정신이 다른 사람의 아름다운 길로 이어지고 있음에 감동한다. 안나의 집에서 이어지고 있는 나눔의 길이 어떻게 흘러갈지 궁금하다. 한 보좌신부님에게 이 말을 들은 날 저녁, 유난히 오래 무릎을 꿇고 예수님께 감사의 기도를 올렸다.

팬데믹에는 더욱 단단한
도구가 되어

코로나19 상황으로 인해 안나의 집 식탁은 사용할 수 없게 되었다. 함께 앉아서 식사할 수 없으니 도시락을 준비하기로 했다.

처음에는 안나의 집 앞에서 도시락을 나누었다. 그래서 많은 노숙인이 인도에 서서 차례를 기다려야 했다. 그런데 이런 광경에 동네 주민들이 불편함을 느끼고 항의 민원을 넣기 시작했다. 더 이상 도시락을 나눌 수 없는 상황에 이르렀다.

이때 성남동 성당 최재철 주임신부님이 제안하셨다.

"김하종 신부님, 저희 성당의 마당이 넓잖아요. 저희 성남동 성당에서 도시락을 나눠주시지요."

마땅한 장소를 구하지 못해 고민하는 내게 천사의 목소리가 들려온 셈이었다. 성당의 마당을 매일매일 노숙인들에게 내어주는 것은 결코 쉬운 일이 아니다. 그럼에도 구원의 손길을 내밀어주신 것이다. 최재철 주임신부님이 수호천사가 되어주신 덕분에 장소 문제를 해결했다. 그때부터 지금까지 성남동 성당 마당에서 도시락을 나누고 있다.

도시락을 나누고 음식을 준비하면서도 환자가 생기면 어쩌나 고민이 깊다. 봉사자와 노숙인 중 한 사람이라도 코로나19 환자가 나오면 타격이 크기 때문이다. 급식을 멈추는 사태는 없어야 한다. 소독 전문업체를 불러 소독하는 일상이 이어지고 있다. 방역 지침을 지키는 것은 기본이다. 모든 노숙인은 도시락을 받기 전에 열 체크를 하고 손 소독을 한다. 그리고 2미터 거리두기를 철저히 지키며 도시락을 받는다. 노숙인을 직접 대하는 직원들은 정부의 지침대로 먼저 백신을 맞을 수 있었다. 그리고 직원이나 봉사자 가운데 코로나19 환자와 동선이 겹치는 일이 발생하면 안나의 집 직원 모두 코로나19 검사를 받고 있다. 벌써 몇 번이나 코로나19 검사를 받았는지 모른다. 이런 노력 덕분인지 다행히 아직까지 직원이나 노숙인 가운데 환자가 나오지 않았다. 이것도 기적이다.

식판에 담아주던 식사를 도시락으로 바꾸어서 전하는 과정도 수많은 시행착오를 거쳐야 했다. 특히 국이 문제였다. 도시락은 국물이 많은 음식을 담으면 흘러넘치곤 했다. 그렇다고 추운 날, 눈과 비가 몸속까지 적시는 날, 국을 마시며 몸의 한기를 녹이는 분들을 외면할 수 없었다. 뜨끈한 국물이 전하는 온기를 어떻게 포기한단 말인가. 그래서 국을 담을 수 있는 일회용 용기를 따로 마련했다. 봉사자들이 한 줄로 서서 도시락에 밥과 국 그리고 반찬을 담는다. 특히 국을 담는 용기에 국물이 새는지 여러 번 확인한다.

도시락 750여 개를 준비하기 위해서 하루에 쌀 160킬로그램, 김치 80킬로그램, 돼지고기 140킬로그램, 여기에 채소, 냉동식품 등이 필요하다. 마치 큰 식당을 꾸려가는 것만큼이다. 매일매일 식자재를 마련하고 조리한 후 포장해서 나눠주는 하루는 전쟁이나 다름없다. 그런데 도시락을 나눠주다 보니 배고픔을 참지 못해 그 자리에서 도시락을 먹는 분도 계셨다. 코로나19로 함께 먹을 수 없는 상황이어서 도시락을 나누는 것인데 말이다. 그래서 주위를 순찰하고 관리하는 분이 배치했고 성남시의 지원으로 CCTV를 추가했으며 이동식 화장실도 설치했다.

코로나19로 인한 팬데믹은 더 많은 사람을 배고프게 한다. 특히 혼자 사는 노인들은 일하기도 어렵고, 하루에 한 끼를 마련하는 것도 힘들다.

안나의 집에 식사하러 오는 분들의 연령은 대략 구십대

10명, 팔십대 110명, 칠십대 174명 정도로 노인이 많다. 이 분들을 위해서라도 도시락은 계속 나눠야 한다.

굶주리는 사람이
한 명이라도 있다면

"왜 멀쩡한 사람들에게 밥을 줍니까? 저 사람들 집 있고 가족이 있는 사람들입니다. 그런데 왜 매일 저 사람들에게 밥을 주십니까? 계속해서 밥을 주게 되면 저 사람들은 더욱 게을러집니다. 당장 밥 주는 것을 그만두세요."

종종 듣는 말이다. 나는 이렇게 대답한다.

"저분들이 집과 가족이 있으면 여기까지 멀리 걸어오고 오늘처럼 추운 날, 차가운 바람 맞으며 두 시간 동안 도시락을 받기 위해 기다릴까요? 그리고 설날에는 751명이 왔는데 집 있고 가족이 있으면 과연 이곳까지 와서 식사를 할까요? 아닙니다. 저분들은 저희가 대접하는 도시락이 하루 식사의 전부입니다. 이 도시락이 아니면 저분들은 완전히 굶게 됩니다. 그렇기 때문에 저분들에게 도시락을 대접하지 않을 수 없습니다."

안나의 집에서 식사를 준비하는 모습

사람들은 잘 모른다. 노숙인에게 도시락 하나는 하루의 생명이라는 사실을. 도시락이 삶과 죽음을 가르는 생명줄이라는 사실을.

많은 사람이 코로나19에 대한 두려움 때문에 도시락 나누기에 대해 부정적이어도, 나는 나눔을 지속하기 위해 열심히 싸울 것이다. 노숙인들을 감염의 원인으로 보는 냉혹한 시선들을 막는 방패가 될 것이다.

배고픈 이들과 양식을 나누고, 헐벗은 이들을 덮어주고, 가련하게 떠도는 이들을 맞이하고 싶은 꿈은 변하지 않는다. 아니 정말 바라는 것은 안나의 집이 문을 닫는 것이다. 굶는 사람이 없도록 사회보장제도가 갖춰지면 얼마나 행복할 것인가. 그렇게 된다면 무료 급식을 하는 안나의 집은 기꺼이 문을 닫아도 좋겠다. 하지만 굶주리는 사람이 단 한 명이라도 있다면 안나의 집 문은 닫을 수 없다. 문을 열어두겠다.

내가 사제가 된 이유는 신의 조건 없는 사랑을 일깨우고 무한한 사랑을 전하기 위해서다. 내게 밥과 사랑은 하나다. 나에게 십자가는 쌀 포대다.

민원으로 인한
고통

팬데믹 상황은 내게 기적이 무엇인지 잘 보여주었다. 거리두기가 강조되면서 가장 걱정했던 것은 봉사자들이 찾아오지 못하는 것이었다. 그런데 기우였다.

매일의 첫 번째 은총은 오후 1시에 이루어진다. 하루에 필요한 도시락 약 750개를 만들려면 봉사자 30명이 필요하다. 오후 1시가 되면 봉사자들이 모인다. '오늘은 봉사자들이 몇 명 올까' 하고 고개를 빼고 기다린다. 코로나19 감염 위기에도 봉사자의 손길은 끊기지 않았다. 봉사자들은 네 팀으로 나뉜다. 음식을 준비하고, 도시락을 싸고, 배식을 관리하고, 청소를 담당하는 각 팀의 역할이 있다.

두 번째 은총은 오후 3시의 기적이다. 도시락을 받기 위해 모였던 800여 명의 노숙인들이 흩어져 각자 식사를 하는 동안 아무 사고 없이 마무리되는 기적이다.

223

이렇게 은혜로 가득한 가운데에도 주위의 민원으로 상처를 받곤 한다. 노숙인들이 지역 주민들에게 피해를 주고 있으니 안나의 집을 없애달라는 민원이 계속되고 있다. 노숙인에게 미움과 혐오의 돌을 던지는 것 같아서 마음이 보통 쓰라린 게 아니다.

성주간*의 성목요일이었던 4월 1일. 성남시청에서 메일을 보내왔다. 동네 주민들이 국민 신문고에 안나의 집을 없애달라는 민원을 접수했으니 안나의 집이 해결책과 답변을 줄 것을 요청하는 메일이었다. 그 메일에는 안나의 집을 찾는 노숙인들이 주민들에게 피해를 준다고 적혀 있었다. 육체적인 고통은 이런 메일을 읽는 마음의 고통에 비하면 견딜 만한 것이다.

안나의 집에서 나눠주는 도시락 하나가 하루 식사의 전부인 노숙인들과 독거노인들은 어떻게 할 것인가. 정서적 결핍으로 인한 돌발 행동을 하는 노숙인이 있는 것도 사실이다. 그러나 그런 분을 관리하기 위해 직원들은 긴장을 놓지 않고 일하고 있다. 주위의 이웃에게 피해를 주지 않고 불편을 끼치지 않기 위해 최선을 다하고 있다.

국민 신문고에 민원이 접수되는 일까지 벌어지니 누구

● 부활 축일 전의 일주일로, 예수의 수난과 부활을 기념한다.

와 상의해야 할지, 봉사자들에게는 어떻게 설명해야 할지 몰라 바로 수도원 기도실에 들어갔다. 무릎을 꿇고 성목요일을 묵상했다. 예수님도 잡히시기 전날 하느님 아버지께 울부짖으시며 기도하셨다. 나도 민원이 잘 해결되기를 바라며 울면서 기도를 했다. 밤이 깊어 잠자리에 들었으나 잠은 오지 않았다.

다음 날, 성주간의 성금요일은 예수님의 죽으심을 기념하는 날이다. 전날 충격으로 잠을 못 자서 무거운 몸을 추스르며 안나의 집으로 갔다. 민원에 제기되었던 문제를 살펴보니 안나의 집과 관계 없는 일도 많았다. 노숙인과 관련된 일은 모두 안나의 집 때문에 생긴 것으로 오해하고 있었다. 답답하였다. 안나의 집이 노숙인들의 불법행위를 방조하고 묵인하고 심지어 양성화하고 있다는 주장은 큰 오해였다.

성금요일의 하루 일과를 겨우 마치고 수도원으로 돌아가는데 온몸의 살점들이 찢기듯 아팠다. 기도실에서 아픈 몸으로 성금요일 묵상을 했다.

내 이름에서 성인 '김'은 '성남 김씨'다. 한국 족보에는 없는 성이다. 그러니까 성남은 내게 고향이며 특별한 도시다. 고향 사람들이 나를 미워하는 것 같아 더욱 괴로웠다.

성토요일에는 몸이 더욱 아팠다. 혹시 코로나19에 감염

된 것인가 싶어서 안나의 집으로 가기 전 검사소에 들르기도 했다.

민원에 대한 답변을 작성하기 위해 토요일에 도시락을 받는 노숙인을 대상으로 설문조사를 했다. 총 821명 중 682명이 설문에 참여했다. 설문 결과, 노인들이 더 많이 늘어났다는 것을 알게 되었다. 육십대 170명, 칠십대 243명, 팔십대 155명, 구십대 10명이었다. 코로나19 상황 전보다 노인들이 훨씬 힘들게 사는 것으로 드러났다. 집이 아닌 거리에서 식사해야 하는 노인들의 고충이 짐작이 되었다. 그러나 몸이 아파서 머릿속은 텅 비는 듯했고 판단도 흐려지는 것 같았다. 일요일 부활 대축일에도 누워 지내야만 했다. 코로나19 검사 결과를 기다리며 마음을 졸였다. 월요일에 다행히도 코로나19 음성 결과를 통보받았다.

시청에서는 민원에 대한 답변을 재촉하고 있었다. 안나의 집 직원들과 성남동 성당 주임신부님의 도움으로 해결책에 대해 쓸 수 있었다.

민원 내용 중 남성 노숙인들의 노상방뇨 문제의 해결책으로 조립식 공중화장실을 구입하기로 했다. 안나의 집 식탁에서 식사할 때는 다들 실내 화장실을 이용해 이런 문제가 없었는데 도시락을 받으면서 문제가 발생한 것이다. 야외용 화장실 두 칸짜리 두 채가 트럭에 실려 도착했다. 그러나 야외용 조립식 화장실을 설치하는 데는 많은 규제와 절차가 있었다. 여러 가지 요건이 복잡하여 계획했던 곳에 두기가 어려웠다. 할 수 없이 한 채는 안나의 집 건물 주차장에 설치했다. 또 한 채는 안나의 집 옆 모델하우스 앞에 두었다. 민원 문제로 골치 아픈 날들 속에 도시락을 받으려는 노숙인 숫자가 점점 늘었다. 928명이 오는 날도 있었다. 안나의 집이 생긴 이래 노숙인들이 천 명 가까이 온 것은 처음이었다. 경제 상황이 더욱 나빠졌다는 것을 실감했다.

노상방뇨를 해결하려고 설치한 야외용 조립식 화장실에 대해서도 주민들의 불만이 있었다. 미관을 해치고 냄새가 나는 듯하다는 것이다. 냄새 나지 않게 하려고 안나의 집 직원이 매일 청소와 소독을 하는데도 문제라니, 안타까웠다.

몸이 계속 안 좋았다. 어쩌면 마음이 아파서 몸이 반응한 것인지도 몰랐다. 광야에 내몰려 홀로 서 있는 느낌이 들고 막막했다. 팬데믹 상황이 끝나면 자연스럽게 안나의 집 식탁에서 식사할 수 있을 테고, 그러면 화장실 문제도 해결될 것이다. 함께 견디면, 시간이 지나면 좋아질 것이다.

안나의 집에 대한 민원으로 고민한 이후 나는 무서운 신부가 되었다. 노숙인들에게 잔소리하고 찡그리는 신부가 되었다. 공원에 누워 있는 노숙인을 발견하면 "이렇게 공원에 누워 계시면 주민 민원이 들어와요. 어서 일어나세요"

하고 무서운 얼굴로 강하게 말했다. 도시락을 받는 오후가
되기 전에 일찍 도착해 서성거리는 노숙인에게는 "아침 일
찍부터 안나의 집 주위에 노숙인이 있으면 이웃의 민원이
들어와요. 민원이 많이 들어오면 계속해서 밥을 나눠주기
어려우니 다른 곳에 산책을 다녀오세요"라고 권했다.

아픈 노숙인들은 이런 말에 원망하는 눈빛을 보내기도
했다.

"신부님, 제가 풍 때문에 다리가 아파서 지금 움직일 수
없습니다."

정말 미안했다. 자세히 살펴보니 오른쪽 무릎과 왼쪽 엄
지발가락에 큰 수술 자국이 있었다. 갑자기 몸이 마비되거
나 풍이 오면 움직이지 못하고 그대로 쓰러진다고 했다. 마
비가 풀려야 비로소 움직일 수 있다고도 했다.

우리는 노숙인들에게 쉽게 손가락질을 하며 조롱한다.
외양이 더럽고 아무 곳에서나 자고 예의 없는 행동을 한다
고 비웃는다. 그런데 그들과 대화해보면 사정을 이해할 수
있다. 왜 뿌리를 잃고 헤매는지, 노숙인들의 회복 불가능한
몸과 경제적 상황을 이해하게 될 것이다. 내가 고통스러운
날들을 보내고 있는 게 표가 났는지 할머니 한 분이 편지
를 손에 쥐여주었다.

신부님, 안녕하세요. 신부님이 걱정도 되고, 부탁드릴 것도 있어 편지를 씁니다. 신부님 몇 주 전에도 감기 때문에 목소리가 좋지 않으시던데 너무 과로하시지 마시고, 여러 가지 민원으로 스트레스 받지 마십시오. 신부님이 건강하셔야 저희들 마음도 좋습니다. 신부님의 건강을 빌면서 기도드립니다. 데레사 드림.

모든 것이 어둠에 덮여 있다고 느낄 때 따뜻한 편지 글은 위로가 되었다. 예수님께서 "내가 여기 있다. 너를 붙들어주리라"라고 말씀하시는 것 같았다.

너희에게 은혜를 주신 것은 고난도 함께 받게 하려 하심이라.
─필립비인들에게 보낸 서간 1장 29절

이 말씀을 붙들고 코로나19의 폭풍 속을 지나가야겠다.

안나의 집이
개발한 백신

아스트라제네카, 화이자, 모더나, 얀센에서 코로나19 백신을 개발했듯이 안나의 집에서도 백신을 개발했다. 연대가 깃든 '나눔 백신'이다.

수녀님 봉사자들은 불교 신자 봉사자들과 함께 웃으며 채소를 다듬는다. 가톨릭 사제분들과 개신교 신자분들이 나란히 서서 도시락을 만든다. 무슬림 봉사자와 무속인 봉사자도 팔을 걷어붙이고 함께 청소한다. 종교는 달라도 낮은 곳의 이웃을 위하고 싶다는 마음은 통한다. 관용과 이해, 나눔의 순간에만 느낄 수 있는 '진정한 기쁨'이다.

안나의 집에서는 종교뿐만 아니라 국경도 뛰어넘는다. 내가 외국인이라 장점이 있다면 외국인 봉사자들이 편안하게 대하고 자주 찾아온다는 것이다. 아르헨티나인, 아일랜드인, 영국인, 이탈리아인, 캐나다인, 불가리아인, 파키스

노숙인들에게 드릴 식사를
준비할 때마다 되새기는 나눔의 의미

탄인, 미국인, 인도인, 호주인, 폴란드인 들이 안나의 집을 정기적으로 찾아오고 있다. 특히 한국 명절처럼 한국 봉사자들이 찾아오기 힘든 날에는 여러 국적의 봉사자들이 지원한다.

한일 관계가 얼어붙어 있던 시기에도 한국 도요타자동차 사장, 부사장이 와서 봉사를 했다. 사실 도요타자동차와의 인연은 20년 전으로 거슬러 올라간다. 직원분이 한 달에 한 번 정도 안나의 집을 찾아와 봉사해주셨던 것이 시작이었다. 팬데믹 상황 전에는 김장을 함께하고 월동 준비를 했다. 그리고 (주)엘트웰에서는 안나의 집 초창기 때부터 매달 꾸준히 큰 금액을 후원해주고 있다.

여러 대사관의 지원도 이어졌다. 안나의 집이 처음 문을 열었을 즈음엔 식자재를 구하기 위해 새벽부터 동분서주해야 했다. 내가 무슨 일을 하는 사람인지 모르는 사람들에게 설명하고 이해시켜야 했다. 그때 고맙게도 이탈리아 대사관에서 많은 예산을 지원해주었다. 이는 2000년대 중반까지, 안나의 집이 자리 잡을 때까지 이어졌다. 안나의 집 후원 음악회, 난독증 세미나, 난독증 자료 발간도 적극적으로 지원해주었다. 이탈리아 대사관은 언제나 기댈 수 있는 든든한 나무다. 뿐만 아니라, 영국, 독일, 호주, 뉴질랜드 대사관 그리고 미국의 단체에서도 안나의 집에 크고 작은 나눔을 선물했다. 주한유럽상공회의소ECCK에서도 후원을 해주었다. 국경을 넘어선 사랑이 넘쳐났다.

예수님은 그리스도교인에게도, 무슬림, 힌두교인, 불교 신자에게도 평화와 기쁨을 주신다. 예수님의 축복은 지구의 모든 인류에게 내리는 것이니까.

서로 연대하고 배려하는 '나눔 백신'은 노숙인의 삶에 온기를 더한다. 삶의 면역력을 키운다. 가난한 이웃에 대한 봉사는 특별한 백신인 셈이다.

팬데믹 시련은 백신을 통해 극복할 수 있다. 그 후 우리는 더욱 담대하게 삶을 영위할 것이다.

회복력을 믿으며

지난겨울에 눈 내리는 강가에서 시를 쓰는 마음으로 이런 글을 적었다.

강가에 앉아
떨어진 낙엽을
바라봅니다.

천천히 흐르는 물에
나뭇잎들이
떠내려갑니다.

코로나바이러스로 뒤덮인 세상은
물길의 풍경을

닮았습니다.

강은 무정하게 흐르고
나뭇잎은 물길 따라
사라집니다.

그러나 인간의 존재는
나뭇잎과
다릅니다.

인간의 삶은
거대한 에너지로
움직입니다.

삶의 물길을 바꿀 수 있는 힘이
우리에게는
있습니다.

지금 이 순간에도
거센 물길에 쉽게
휩쓸리지 않습니다.

내가 꿈꾸는 기적,

물길을 바꾸는 우리가

곁에 있습니다.

글을 쓸 때 '회복력'이라는 단어를 떠올렸다. 고통에 저
항하고 새로운 삶을 회복하는 능력 말이다.

나 자신을 물살에 휩쓸리는 연약한 나뭇잎 같은 존재로
느낄 때가 있다. 그러나 거센 물살에 숨이 막히더라도 회복
할 수 있다. 내가 원하는 방향의 물길을 만들겠다는 강한
의지와 믿음이 있으면 가능하다.

회복력은 스포츠 전문가들이 말하는 '한계점 극복'이라
고 부르는 훈련을 통해서 만들 수 있다. 근육통을 느끼지
만 그 통증조차 극복하면 더 강한 육체를 만들 수 있다는
것이다. 코로나19 상황이라는 근육통을 견디면 삶은 더 강
해지지 않을까.

고통에는 계단이 있다. 고통이 찾아오면 깊고 어두운 삶
의 계단을 내려가기도 하고 그 자리에서 주저앉기도 한다.
하지만 밝은 은총을 느끼며 한 계단만 올라서면 세상은
달리 보인다. 고통은 인간으로서 은총을 누릴 권리를 가지
기 위한 여정이라고 생각한다. 고통은 하느님의 벌이 아니
라 은총을 주기 위한 하나의 과정인 것이다.

회복력으로 우리에게 주어진 고통과 허무를 지우자. 회복력을 기르며 새날의 물길을 만들어보자.

불 켜진
야전병원

안나의 집의 새 건물은 2018년 9월 1일 준공되었다. 그전에는 20년 동안 성남동 성당 한쪽에 있는 건물을 사용했다. 2018년이 되어서야 마침내 크고 반듯한 새 건물을 갖게 된 것이다.

안나의 집 건물은 창문과 외벽이 조금씩 다르다. 이렇게 다르게 설계하고 공사한 것에는 의도가 있다. 노숙인들에 대한 생각을 반영한 것이다. 노숙인들은 멀리서 보면 '다 같은 사람들'처럼 보이지만 자세히 들여다보면 조금씩 다른 상처를 갖고 있는 '다른 사람'이다. 존재감이 다른 다양한 사람이다.

안나의 집 건물 뒤쪽은 노숙인들의 내면을 반영했다. 뒷면 가운데를 길게 반으로 나누고 있는 창은 소외와 단절을 뜻한다. 각 층마다 다른 외벽은 정신적인 불안과 방황

2018년 새로 지은 안나의 집 건물

을 상징한다.

건물 정면의 좌우 기둥은 두 손을 의미한다. 안나의 집 역할은 노숙인들의 두 손이라는 것이다. 옥상의 뾰족한 지붕은 집을 의미하고 지붕 창문에 부활하신 예수님을 스테인드글라스로 표현했다. 건물에서 표현했듯이 안나의 집은 노숙인들을 '안'아주고, 두 손으로 그들에게 사랑을 '나'눠주며, 그들이 언제나 '의'지할 수 있는 부활하신 예수님께서 함께 하시는 '집'이다. 그들은 집이 없는 것이 아니라 (홈리스, Homeless) 뿌리가 없는(루트리스, Rootless) 것이다.

20년 동안 조립식 건물을 사용할 때는 부더위와 추위를 견디기 힘들었다. 무상으로 사용하고 있었지만, 사용 만료 약속 기한이 있었다. 처음에 2018년까지 사용하겠다고 약속했던 것이다. 그러나 갈 곳이 없었다. 새 건물을 지을 땅도 돈도 없었다. 결국 문을 닫아야 할지도 모른다는 생각이 들기도 했다. 당시 걱정은 깊었지만 매일매일 주어진 일은 많았다. 그 일들을 잘해내는 것도 나의 기쁜 사명이었다.

어느 날 수원교구장님이 전화를 하셨다.

"신부님, 안나의 집에서 계속 가난한 이웃을 섬기고 싶어 하신다는 것을 잘 압니다. 그런데 매우 어려운 처지라면서요. 제가 땅을 살 수 있도록 돕겠습니다."

정말 고마웠다. 수원교구의 배려로 안나의 집이 옮겨갈 땅을 마련할 수 있었다. 그러나 건물을 지을 수 있는 건축비가 문제였다. 그때 한 방송사에서 다큐 영상을 찍자는 제안을 해왔다. 안나의 집을 알리자는 생각으로 출연했다. 이 방송 프로그램이 그렇게 유명한 줄은 몰랐다. KBS〈인간극장〉에 출연한 이후, 후원금이 모이기 시작했다. 전국 각지의 사람들이 마음을 모아준 것이다. 내가 계획한 것이 아니라 기적이 일어났다.

안나의 집의 새로운 건물에서 더 많은 일을 해야 했다. 노숙인들의 식사를 제공하는 기본적인 일부터 자활 홀로서기 프로그램도 운영했다.

갈 곳 없는 청소년들도 챙겨야 한다. 거리를 떠도는 청소년들을 직접 찾아가 만나는 '아지트'도 운영한다. '아이들을 '지'켜주는 '트'럭이라는 의미인데, 밤이 되면 이 트럭은 거리로 출동한다. 코로나19 전에는 일주일에 네 번, 저녁 6시부터 자정까지 가정과 학교를 나와 헤매고 있는 청소년을 만났다. 이야기를 나누고 고민을 들어주었다. 그러나 지금은 횟수를 줄일 수밖에 없다. 코로나19 감염 위험 때문에 활동을 줄이는 게 안타까워서 '아르릉'을 시작했다. '아르릉'은 인터넷으로 아이들과 연락을 하며 일대일로 만나 돕는 것이다. 직접 대면하기 조심스러운 상황에서 필요한 음식과 생필품 꾸러미를 전해준다.

한 아이를 키우려면 온 마을이 필요하다는 말은 진실이다. 돌보고 있는 청소년의 삶을 살피다보면, 더 많은 사람의 관심이 절실함을 깨닫는다.

후원행사나 바자회도 열 수 없는 상황이다. 새 건물에서 즐거운 일들을 계획했는데 모든 것이 버거워졌다. 가끔 꿈을 꾼다. 창고에 몇 달 분의 쌀 포대가 쌓여 있는 것, 소년들이 가고 싶어 하는 곳에 선뜻 동행하는 것, 소년들이 배우고 싶어 하는 과목을 여한 없이 개설하는 것. 이런 꿈이다.

안나의 집이 경제적인 걱정 없이 운영될 날이 올까. 내가 은퇴하면 어떻게 되는 것일까. 걱정이 앞설 때가 있지만 안나의 집은 불을 꺼뜨릴 수가 없다. 한밤중에도 누군가에게 위로가 되고 힘이 되는 삶의 병원이니까. 마음에 상처를 입고 세상에서 버림받아도 야전병원처럼 안나의 집은 그들을 기다려야 한다. 치유해줄 사명을 갖고, 안나의 집 문 앞을 지키겠다.

그리운
가족들에게

　요즘 마음으로 온전히 이해하고 받아들이는 단어가 있다. '사무치다'라는 단어다. 깊게 스며든다는 뜻이 그리움과 잘 맞는다. 이탈리아에 있는 가족을 못 만난 지 3년이 지났다. 정말 사무치게 그립다. 특히 이탈리아의 코로나19 상황 소식을 들을 때마다 어머니와 동생 등 가족 생각에 걱정이 산을 이룬다. 홀로 있을 때면 걱정과 그리움으로 울기도 한다. 내가 해줄 수 있는 게 아무것도 없다는 현실이 눈물 난다.

　어머니의 나이는 여든여섯이다. 고령이라 건강이 염려된다. 매일 영상 통화로 인사를 나눈다. 영상 통화에서 어머니는 내 걱정을 더 많이 하신다.

　"걱정하지 마. 괜찮다. 필요하면 여동생이 병원에 데리고 가고, 내가 빈혈이 있다고 네 남동생이 스테이크와 레드와 인도 사주었단다. 아무것도 걱정하지 말고 너를 보살펴라."

어머니는 하느님께 봉헌한 아들인 내가 사명을 다하기만을 기도하신다고 했다.

"내가 너를 낳았지만 너는 내 것이 아니다. 너는 하느님의 자식이고 하느님의 도구야. 그러니까 하느님의 뜻대로 살아야 한다. 네가 전화할 때마다 이야기하는 안나의 집이 많은 사람의 도움으로 잘 견디고 있다고 하니 나는 행복하단다."

코로나19로 힘겨운 시기가 지나면 이탈리아로 가서 어머니를 안아드리고 싶다. 단둘이 식탁에 앉아서 에스프레소를 마시고 싶다. 밀린 이야기를 나누는 모자의 시간은 얼마나 다정할까. 먼저 떠나신 아버지도 그립다. 사랑으로 길러주시고 좋은 교육을 받게 해주신 아버지. 내가 사제가 된다고 했을 때에도 "어렵고 힘든 길이다. 나는 너에게 언제나 문을 열어놓을 테니 돌아와도 된다. 그러나 정말 사제를 하겠다면 기도하며 지지하겠다"라는 말로 든든한 후원자가 되어주셨다.

아버지에게 마음속으로 투정을 부릴 때도 있다.

'아버지, 요즘 경제적, 육체적, 심리적으로 많이 어려워요. 왜 이렇게 힘든 일이 많이 생길까요. 안나의 집을 없애달라는 민원이 접수되었고요. 노숙인끼리 서로 싸워 구급

차가 오고 경찰도 왔습니다. 싸우다가 칼을 꺼낸 사람도 있었어요. 내가 사랑으로 만든 밥을 먹은 사람들끼리 왜 미워하는지 모르겠어요. 또 돌보는 청소년 한 명이 자살 시도를 했어요. 많이 슬픕니다. 3개월 전부터 갈 곳 없는 외국인 여성에게 숙소를 제공했는데 갑자기 불을 질렀습니다. 다행히 인명 피해는 없었지만 놀랐고 무서웠어요.'

아버지의 이름은 '안젤로', 천사라는 뜻이다. 떠나신 지 7년이 지났는데도 여전히 내 마음속에 살아 계시며 도와주신다. 나의 수호천사다.

여동생 마릴레나도 보고 싶다. 여동생은 부모님을 잘 모셨다. 아버지가 떠나신 후 외로우실 어머니를 더욱 애틋하게 챙긴다. 1993년, 여동생은 내게 혼인성사를 받고 싶어서 한국에 왔다. 여동생 덕분에 처음이자 마지막인 가족 여행을 할 수 있었다. 그 여행지가 한국이었다는 것도 운명이다. 고등학교 교사인 마릴레나는 이탈리아 학생들에게 한국의 문화를 자주 소개한다.

2018년, 안나의 집 준공식 때 스테파노와 마릴레나, 조카 두 명이 한국에 왔었다. 새로운 건물에서 봉사하게 된 것을 누구보다 기뻐했다. 며칠 머무르는 동안 열심히 일하고 돌아갔다. 그때 그 시간은 내 인생의 강렬한 추억으로 남았다.

안나의 집에 와서 봉사하고 간
여동생 마릴레나와 남동생 스테파노

남동생 스테파노도 사무치게 그립다. 스테파노는 아버지가 운영하던 큰 농장을 물려받아 농부로서 부지런히 일하며 살고 있다. 농장 일을 열심히 한 덕분에 농장은 더욱 크게 발전했다.

내가 다음에 이탈리아에 갈 수 있다면 동생의 농장에서 일을 돕고 싶다. 며칠만이라도 그렇게 농장 일을 도울 수 있다면 기쁠 것이다.

지금도 남동생은 농장의 중요한 일을 결정할 때 내게 의견을 묻는다. 그래서 나는 사제이면서도 따뜻한 한 가정의 일원이라는 존재감을 지니고 있다. 영상 통화를 하며 남동생에게 고마운 마음을 자주 전하곤 한다.

조카들도 보고 싶다. 3년 전 한국을 방문했던 조카, 아리아나와 리카르도. 한국의 IT 기술과 역동적인 문화에 빠져 한국에 다시 오고 싶다는 희망을 내비쳤다. 그때 헤어지면서 2021년에 초대하겠다고 약속했는데, 지킬 수 없게 되어 미안하다. 아직 한국에 와보지 못한 막내 조카 아만다도 그립다.

세 조카를 한국에 다시 초대할 그날이 오기를 오늘도 기도한다. 우리는 멀리 떨어져 있어도 잊지 않는다. 사랑이 사무치니까.

변하지 않는
희망

올해 큰 상을 받았다. 만해 한용운 선생의 삶과 꿈을 기리는 '만해대상'의 실천대상을 수상한 것이다. 8월 12일 강원도 인제군 인제읍 하늘내린센터에서 열린 시상식에서 고마운 마음을 담아 수상 소감을 밝혔다. 방역 수칙에 따라 축하객은 모실 수 없었지만 유튜브로 중계되어 마음을 전할 수 있었다.

"이탈리아 대학원 재학 시절, 동양철학을 공부했습니다. 그래서 한국에 와서도 스님들을 먼저 찾아가 종교간 대화를 했습니다. 가난하고 어려운 사람들을 만나 저의 삶을 100퍼센트 봉헌하게 되었습니다. 종교를 가리지 않고 같은 마음으로 자비를 실천한 봉사자들 덕분에 이 자리에 제가 서 있습니다."

봉사자와 후원자가 없었다면 오늘의 안나의 집은 없었

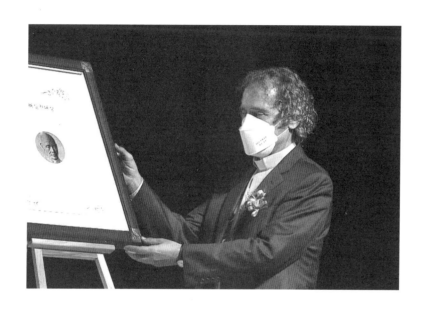

제25회 만해대상 실천대상을 수상하던 날

을 것이다. 상을 받고 사람들에게 인정받아 기쁘지만 내가
무엇보다 참된 행복을 느낄 때는 어려운 사람을 섬기고 봉
사할 때다.

봉사는 사회를 아름답게 만들기도 하지만 무엇보다 자
신을 가장 행복하게 만든다. 정신과 의사들은 정신적으로
힘든 사람들에게 약을 먹으며 봉사를 하라고 권하기도 한
다. 자기 자신에게만 집중할수록 스스로를 더 힘들게 하기
때문이다. 봉사를 하면 나에게서 벗어나 다른 사람에게 집
중하게 된다. 봉사를 통해 다른 사람에게 배려와 사랑을
줄 수 있어 행복을 느낄 수 있다고 한다. 이처럼 행복의 비
결은 사랑으로 실천하는 나눔이다. 나는 나눔으로 봉사하
기 때문에 참 행복하다.

"용기를 내십시오. 두려워하지 마세요."

이 구절은 성경에서 총 365번 반복된다. 몸과 마음의 배
고픔도 365일 반복된다. 코로나로 한 치 앞도 알 수 없는
상황이지만, 나는 365일 용기를 내어 365일의 배고픔을 채
워드리기 위해 오늘도 앞치마를 단단히 두른다.

코로나19 전보다 더 큰 용기와 믿음을 어깨에 짊어지고
앞으로 나아가고 있다. 어떤 순간에도 변치 않는 사랑과
신뢰를 나눠주기 위해, 힘이 닿을 때까지 종의 자리를 지
킬 것이다. 신의 사랑을 일깨우고 전하는 내 사명에 쉼이란

없다. 우리들을 향한 신의 사랑에 쉼이 없는 것처럼.

처음 한국 땅을 밟으며 이 땅의 형제자매들을 지키는 종이 되겠다는 나의 언약은 코로나19 속에서도 지키기 위해 노력하고 있다. 시련의 비바람도 여전하여 하루 앞을 모르지만, 그저 묵묵히 충성된 종으로서의 도리를 해나가고 있다.

당신을 위한 기도

오늘도 시를 쓰는 마음으로 적는다.

때때로
제 인생이
작고 연약한 배를 타고 떠나는
항해처럼 느껴집니다.

때때로
조용하고 평화롭고
안전한 항구에
머물고 싶습니다.

나의 배는

몇 번이고

위험과 고난을 넘기고

거센 폭풍이 있는 넓은 바다로 나아갑니다.

멀리 나아가

광대한 바다에서

그분이 만든

놀라운 색채와 광채를 만납니다.

그분이 가꾸신 아름다운 새벽과

눈부신 일몰 속에서

멋진 물고기들과 함께

감탄합니다.

상쾌한 바람은

예수님의 손길.

지친 마음을

부드럽게 감싸줍니다.

저는 간혹 두렵습니다.

그러나 나아가야만 합니다.

제가 마땅히 있어야 할 곳으로

예수님이 계획한 곳으로.

작고 연약한 배는

먼 곳의 별 하나를 친구 삼아

바람과 파도를 맞섭니다.

예수님의 땅에 닿을 때까지.

　고향 피안사노의 라파엘라 수녀님 비석 앞에서 사제가 되기로 결심한 이후 50년의 세월이 흘렀다. 예순 중반이 된 지금, 내가 선택한 길이 마땅히 옳았다는 것을 느낀다. 예수님이 보시기에도 좋은 길이라고 생각한다.

　이 책을 읽어준 당신이 내게는 큰 응원이다. 혹시 당신이 힘들고 괴로운 상황에 놓여 있다면, 어떤 상처로 흔들리고 있다면 모든 것을 이해하는 친구의 마음으로 감싸드리고 싶다. 당신을 위해 기도드리겠다.